O MOMENTO MÁGICO

Marcio Ribeiro Leite

O MOMENTO MÁGICO

Romance

EDITORA RECORD
RIO DE JANEIRO • SÃO PAULO
2009

CIP-BRASIL. CATALOGAÇÃO-NA-FONTE
SINDICATO NACIONAL DOS EDITORES DE LIVROS, RJ

L55m

Leite, Marcio
    O momento mágico : romance / Marcio Leite. – Rio de Janeiro : Record, 2009.

    ISBN 978-85-01-08707-2

    1. Romance brasileiro. I. Título.

09-2297.
                              CDD: 869.93
                              CDU: 821.134.3(81)-3

Copyright © Marcio Ribeiro Leite, 2009

Todos os direitos reservados.
Proibida a reprodução, no todo ou
em parte, através de quaisquer meios.

Capa: Flavia Castro
Composição de miolo: Abreu's System

Direitos exclusivos desta edição reservados pela
EDITORA RECORD LTDA.
Rua Argentina 171 - Rio de Janeiro, RJ - 20921-380 - Tel: 2585-2000

Impresso no Brasil

ISBN 978-85-01-08707-2

PEDIDOS PELO REEMBOLSO POSTAL
Caixa Postal 23.052 - Rio de Janeiro, RJ - 20922-970

O Sol descortinava a manhã sonolenta. Àquela hora a praia ainda estava vazia. É verdade que era muito cedo e pleno dia de semana, mas sempre apareciam alguns gatos pingados. Mulheres que faziam questão de manter a pele bronzeada, homens que suavam em partidas de futebol, surfistas, turistas sem pressa. Havia também a baiana do acarajé, que, cedinho, armava seu tabuleiro; o homem da banca de revistas onde ele comprava cigarros; a funcionária da floricultura; o guarda de trânsito, sempre atuando naquele sinal; os vendedores de coco e de toda sorte de bugigangas. Vez ou outra havia mendigos, menores carentes, desempregados, que circulavam pela área nos dias de maior movimento, à cata de turistas com dólares no bolso e generosidade no coração.

O cenário diurno era menos deprimente que o noturno. Logo após o horário do jantar apareciam as prostitutas, os travestis e uma gama enorme de figuras da noite que enriqueciam a fauna local e provocavam algum raro sorriso maroto no vincado rosto daquele que tudo observava em silêncio.

Dali, da varanda do terceiro andar, ele observava o mundo e sua triste gente. Via estranhos personagens desfilarem com diferentes propósitos, em diversas direções. Gente que seguia para o trabalho, apressada, pegava ônibus, ou caminhava displicente em direção à praia, às barracas de coco verde, aos bares. Mulheres que passeavam com seus cães e emporcalhavam as calçadas; jovens e velhos que corriam ou caminhavam pelo calçadão, seguindo as modernas receitas antienvelhecimento.

Ninguém mais quer envelhecer, pensou Adalberto, nem mesmo os que já chegaram lá. Ficar velho está completamente fora de moda. Todos pensam em se cristalizar no apogeu da juventude e para isso pagam qualquer preço ou se submetem a qualquer tratamento que lhes garanta alguns dias a mais na mocidade. A velhice tornou-se uma doença contemporânea, contagiosa e abominável, que ninguém quer contrair. Velhice, para essa gente, é sinal de descaso e fracasso. A ciência busca, desesperadamente, descobrir o elixir da juventude. Não que isso vá resolver o problema da humanidade, mas, certamente, deixará rico o seu descobridor. Juventude e dinheiro, os bens mais preciosos dessa gente e dessa época.

Adalberto olhou entristecido para o reflexo da luz do Sol sobre a superfície do mar. O oceano parecia feito de ouro. Sua visão enfraquecida permitia-lhe vislumbrar a imensidão dourada do mar. Os variados tons de verde e azul, apenas na periferia. No centro, na direção em que se habituara a olhar, o amarelo ouro do Sol. Mais tarde, com o passar do dia, tudo voltaria a ser azul e verde. As ondas, como sempre, bateriam firmes nos rochedos.

Conhecia todos os movimentos, mesmo os sorrateiros, daquele mar. Conferia nos jornais, sabia quando era maré alta, maré baixa, maré morta. Nada lhe escapava, fosse do mar, fosse daquela gente que observava da varanda do seu apartamento. Estava acostumado ao burburinho daquela praia, daquela rua, daquele bairro. Tinha uma visão fabulosa de todos os pontos estratégicos: a descida da praia, o ponto de ônibus, as barracas, a faixa de pedestres, o ponto da baiana do acarajé, o quiosque onde funcionava a floricultura.

A velhice chegara reivindicando sua vida, pondo tudo abaixo, mas, curiosamente, apesar dos óculos de lentes grossas, poupara-lhe a vista. Adalberto enxergava bem. Sempre enxergara muito bem. Claro, até mesmo isso não era mais como antes. Estava preso a um apetrecho indispensável para ver o que restava do mundo. Um par de óculos, do tipo pesado e feio, fora de moda, permitia-lhe desfrutar da bela paisagem. Permitia-lhe também, eventualmente, bisbilhotar a vida alheia. Usar a imaginação para dar vida às personagens que desfilavam displicentes sob sua varanda. Em sua cabeça, todas tinham nomes e referências, uma história, ainda que ele não as conhecesse. Aqueles desconhecidos enchiam de vida sua vida morta. A vida de um homem de oitenta e oito anos, já em fim de festa, confinado a uma cadeira de rodas. Um homem solitário, triste, tentando encontrar motivos para permanecer alguns dias mais neste desolado planeta. Um sujeito comum que viveu uma vida plena, ordinária, normal. Um sujeito que não transcendeu os limites dos pecados de qualquer mortal. Um cara como qualquer outro, que veio, viu, e ir-se-ia em breve. Ele apenas esperava que expirasse o prazo de validade de sua vida, não pensara que fosse tão longa. Sequer desejara que fosse tão longa.

Agora estava preso. Preso à vida e a uma varanda no terceiro andar. Um espaço onde passava o restante dos seus dias praticamente inerte, não fosse pelas rápidas espiadas e as viagens imaginárias. Aquela varanda representava ao mesmo tempo prisão e liberdade. O reduto exíguo e estratégico de onde divisava o mundo e suas inúmeras possibilidades. O ponto de onde se projetava em seus voos sedentos de vida e carne. O local de resgate da dignidade que sempre acreditara possuir. Naquela varanda, em lágrimas, rememorava o glorioso passado, tentando resgatar as aventuras distantes nas brumas gélidas da memória.

Vez por outra, alguma recordação de fato muito antigo abalroava-o de jeito. A tristeza dominava-lhe a alma e intensificava a vontade de partir. Como em uma sequência mórbida, as lembranças perfilavam-se em sua memória com surpreendente nitidez. Revisava seu passado, sua história, conferia-os. Encontrava diferentes perspectivas. Era como fazer um inventário de suas atitudes, todas elas, desde a mais singela. Nesse momento tornava-se o seu próprio juiz e, em uma antecipação do juízo final, sentenciava-se. Uma poderosa onda de culpa afogava-o em desespero e dor. O que fizera? O que devia ter feito? O que deixara de fazer? O homem dava-se conta de que, de sua perspectiva, a vida era feita de culpas. Pelo menos o resto dela era.

Afinal, o que fizera de errado? No caso, a pergunta deveria ser: o que fizera de certo em sua vida? Não sabia. Não tinha certeza. Antes, sim, acreditara saber o que fazia, mas hoje já não estava seguro. No final da vida, muda completamente a perspectiva. Analisa-se a questão sob ângulo completamente distinto, no segmento final da reta do tempo. Vê-se o fato ao revés, de trás para a frente. Não é justo, pensou. A juventude é ilusão e a velhice é culpa. Ao encarar um fato passado, vemo-lo em sua totalidade, com seus desdobramentos naturais, muitas vezes trágicos. Vemos o rastro de feridos que deixamos pelo caminho.

Como é possível não se sentir culpado? A juventude não nos permite antecipar isso, mas a maturidade joga-nos as consequências na cara. O que fazemos no passado recebemos ampliado, modificado, na velhice. Estranhamos, sofremos. Nem sempre é possível reconhecer o subproduto tardio dos nossos atos. Após tantas transformações ao longo do tempo, somos confrontados com algo que é nosso e não identificamos. A culpa advém quer queiramos, quer não. É fácil errar quando se assume o risco de viver. Quando se tem a coragem de viver. Afinal, o que é certo e o que é errado? O errado não será o certo visto pelo outro lado? Visto pelo estranho lado da velhice?

O velho enxugou as lágrimas. Retirou momentaneamente os óculos e deu-se conta de que sem eles ficava sem o último de seus sentidos. O sentido mais valorizado pelos seres humanos, o mais confiável, o único que lhe restava, ainda que de forma claudicante. A velhice, benevolentemente, poupara-o da cegueira apavorante. Deixara-lhe, piedosa, a visão, para que não se desesperasse de vez e não fizesse bobagem. Afinal, com alguma coisa ele teria que ficar. Algo que desse qualquer sentido àquelas manhãs e tardes passadas na varanda. Algo que o sustentasse, pacientemente, até a chegada do expresso da morte. Aquele que o conduziria, ele esperava, à estação da liberdade. O trem que o levaria com dignidade ao ponto de partida e de destino, de onde saíra e do qual não se lembrava mais.

Sonhava com esse dia ou essa noite. Viajaria pela derradeira vez, de dia ou à noite? Esperava que fosse à noite, poderia ir dormindo e nada sentiria. Não temia a morte, temia a dor que ela pudesse causar-lhe. Não tinha ideia de como seria, mas tinha medo de que doesse. Era uma coisa meio infantil, como medo de apanhar. Ele tinha medo de apanhar da morte, como tivera, um dia, de apanhar da mãe quando aprontava alguma traquinagem. Aquela foice não tinha um aspecto muito amigável. Imaginava a morte trazendo uma seringa com alguma substância letal, capaz de carregar o sujeito sem ele sentir dor. Ou, talvez, alguns comprimidos em uma caixinha. Tudo seria muito mais simples e menos assustador. Certamente não haveria tanto choro, tanta saudade. A morte seria um fenômeno mais aceitável, menos tingido de sofrimento.

Não, ela vem de preto e carrega uma foice. Para que serve a foice? Só de pensar tinha dor de cabeça. Não estava convencido de que aquela imagem fosse realmente necessária. Se pelo menos viesse de branco e tivesse um rosto sorridente, angelical; mesmo que fosse fingido, ainda assim assustaria menos. A surpresa é parte do jogo, pensou. A ilusão, a culpa, o medo, até mesmo a surpresa final, são peças do jogo da vida. Precisamos aprender a jogá-lo.

O homem repôs os óculos após secar as lágrimas com um lenço. Alívio. Tinha consigo de novo, recolocados diante dos olhos negros e úmidos, o sentido da existência. Estava de volta ao mar de sensações que é a vida. Podia voltar a ver o mar dourado diante de sua varanda. Uma doença neurológica degenerativa roubara-lhe o olfato e o paladar. A audição era muito prejudicada por herança genética. Todos os idosos em sua família terminavam completamente surdos. Restavam-lhe a visão, com o indispensável auxílio das lentes, e um resto de tato, nas extremidades trêmulas das mãos.

Ele festejava ao colocar de volta os óculos. Simbolizava a retomada da vida, ou do que lhe restava dela. Era como se colorisse o seu dia, como se enfeitasse o longo corredor que o separava do ponto final. A velhice podia ser suportada se soubéssemos considerar como vitórias pequenas conquistas, pensou. Na situação em que se encontrava, coisas muito simples, como pôr os óculos e perceber o maravilhoso efeito resultante, comer e vestir-se sozinho, ir, mesmo que na cadeira de rodas, até a banca de jornal comprar um maço de cigarros. Esses eram pequenos feitos heroicos que não o deixavam esquecer que ainda não morrera. Mantinham-no, ainda que debilmente, ligado a esta espetacular e fervilhante experiência chamada vida.

Tinha saudades da vida que levara, mesmo que a considerasse medíocre. Uma vida comum, repleta de erros e acertos, tentativas e frustrações. Recheada também com algumas realizações notáveis, embora pouco visíveis deste ponto da estrada. Como tantas outras, tinha trechos inusitados e outros bem comuns, mas, ainda assim, maravilhosos.

De todo modo, havia sido muito melhor que aquele arremedo de vida que estava suportando a contragosto. Com todos os desacertos, tinha sido, sem dúvida, muito melhor. Com arrependimentos, culpa, comoção, com o que fosse, tinha sido muito mais, infinitamente mais emocionante. O que vivia agora era um pálido simulacro de existência. Um fim de festa insosso e melancólico. Não havia sinal de alegria ou sorrisos, não havia presentes a desembrulhar. Havia, tão somente, muita sujeira para limpar. Uma casa inteira para arrumar. E, no final, contas a saldar. Àquela altura já não restava nem mesmo o gosto de festa.

O velho já não sentia gosto. Comer era algo forçado. Diziam-lhe que precisava manter o que não mais queria manter. Manter o quê? Acaso aquele corpo murcho era digno de ser mantido? Ou, ao contrário, clamava pelo descanso eterno? Por que precisava protelar a morte, se a morte era o desfecho de toda vida? Por que não se entregar, passivamente, ao ritmo da natureza sem resistências inúteis?

O homem não entendia por que tinha que esperar. Considerava-se portador de um instrumento inadequado para o trabalho no mundo. O que um encanador pode fazer com uma caixa de maquiagem? Aquele corpo disforme não mais lhe servia, pensava. Outrora fonte de tanto prazer e aventura, era agora depósito de dores e mal-estares. Antes um homem viril e corajoso, hoje um ser macambúzio de carnes flácidas e trêmulas, gestos vacilantes e olhar perdido no infinito mar descortinado na frente de sua varanda. De novo enxugou as lágrimas que insistiam em descer. Outra vez, momentaneamente, o mundo fez-se escuridão.

Agradecia ao destino haver-lhe poupado a visão. Mesmo avariada, ainda lhe servia. Era o seu vínculo com o cenário do mundo. Sem ela, ele teria que descer o pano e recolher-se em definitivo para dentro de si mesmo. Neste caso, pensou, a morte teria me levado antes. Morrer não é mais que se voltar para si mesmo. Abandonar os folguedos do mundo e abdicar das sensações que os sentidos proporcionam. Quanto a isto, restava-lhe pouco.

Aquele homem velho, encurvado, abatido, assaltado pela tosse crônica de fumante inveterado, era um espectro a vigiar aquele canto da praia. Esta era a sua última tarefa, a única possível. Sentado em uma cadeira de rodas, imaginava os odores que já não sentia, os sons que quase não ouvia, e deliciava-se com as cores do dia e da noite. Recompunha os sentidos que lhe faltavam com o poder de sua fértil imaginação. Aquele velho vivia com o pouco que lhe restava. Esperava, empedernido, que expirasse o seu prazo neste mundo. Partiria de bom grado.

Da varanda, pouco a pouco, o cenário ia se modificando. O deslocamento do Sol carregava consigo o dourado que recobria a superfície do mar, devolvendo-lhe os tons de azul e verde. Trazia inúmeras pessoas às areias brancas da praia, casais apaixonados, homens tomando cerveja nas barracas de madeira, corpos desnudos e suados.

Ele a tudo observava em silêncio. O silêncio do sepulcro que se antecipava e o treinava para a temporada no além. Sentia falta do barulho e da agitação dos tempos idos. Dos bailes de Carnaval de antigamente, dos flertes nos bondes, dos namoros no Farol. Como em um filme, sua vida passava de novo em sua mente, etapa por etapa, ganhando um novo sentido sob a perspectiva da maturidade. A velhice tingia todos os acontecimentos com suas cores. Cada fato era dissecado por um novo ângulo. Toda a experiência ganhava, enfim, um novo significado — lamentavelmente, nem sempre positivo.

Debatia-se em desespero. Percebia que já nada podia mudar, e o que havia sido feito, estava feito. Era o momento de arrefecer todos os ímpetos, de abrandar todos os impulsos remanescentes. Mesmo porque o corpo ressequido já não respondia às bravatas da alma. Não havia mais espaço para arroubos juvenis. A maturidade estava indefectivelmente mergulhada em imobilidade e silêncio. Estes, os novos valores com os quais um homem velho teria que se acostumar. E precisava fazê-lo, compulsoriamente.

Seus sentidos apagavam-se, suas pernas estavam paralisadas. Apenas a visão ligava-o ao mundo de três dimensões. Apenas a visão ainda representava um motivo para ficar e esperar. Esperar que o momento último se apresentasse. Isso era demasiado para ele, que tinha a nítida sensação de que tal momento passara. Sentia-se um zumbi, um ser errante no limbo entre a vida e a morte. Sentia-se um cadáver insepulto a vagar pelo mundo em uma cadeira de rodas. Sentia-se condenado a permanecer no mundo dos vivos, quando a sua alma clamava por libertação. As lágrimas, mais uma vez, escorreram-lhe pela face enrugada. O peito, arfante, convulsionou-se em um acesso de tosse que bem poderia ser o último.

O telefone tocou, livrando-o dos pensamentos sombrios. Apesar de sombrios, porém, eram brinquedos a entretê-lo. Passatempo enquanto ela não vinha. Enquanto esperava o que não se deveria esperar. A morte deveria sempre vir de surpresa, pensou. Ela estava sempre de tocaia em alguma curva da estrada. Por que não o surpreendia? Por que aquela torturante espera?

Moveu lentamente a mão direita, acionando os comandos da cadeira. O telefone persistiu tocando. Fosse quem fosse, sabia que devia esperar que tocasse muitas vezes até que ele pudesse atendê-lo. Um pouco de paciência com quem é velho não fazia mal a ninguém. O seu ritmo não era mais o mesmo do mundo havia um bom tempo. Se quisessem falar com ele, que esperassem. Lamentou não existir um aparelho telefônico que tocasse mais compassado, talvez a um ritmo duas vezes mais lento que o dos toques normais. Um aparelho para gente idosa, que desse menos nos nervos gastos. O homem alcançou o telefone após ziguezaguear pela sala.

Era sua filha. Queria saber dele, se estava precisando de algo. Não, não estava. Adalberto quase nunca precisava de nada. Ao menos, não admitia. Sempre havia sido turrão. Suas filhas sabiam bem disso. O pai não gostava de depender de ninguém. Nunca se queixava para elas. Apenas dizia que estava bem e não precisava de nada. As filhas tinham a chave do apartamento, a contragosto do velho. Marília, a mais velha, dissera que naquela idade era perigoso morar só, e tentara levá-lo para sua casa. Ele não se deixou convencer. Bateu o pé, não iria para lugar algum. Não iria para a casa de nenhuma das filhas, nem para um abrigo de idosos. De seu apartamento sairia apenas para o crematório.

Sim, para o crematório. A ideia chocara as meninas, aquilo fugia às tradições da família, mas tiveram que aceitar. Conheciam a proverbial teimosia do pai, respeitariam o seu último desejo.

Sentia-se sufocado só de imaginar ser enterrado em um caixão. O confinamento em um espaço tão reduzido era-lhe impensável. Além do mais, com quilos e mais quilos de terra sobre ele. De jeito algum. Iria ser cremado e teria suas cinzas espalhadas sobre o mar, bem cedo, pela manhã. Queria fazer parte da superfície dourada do oceano àquela hora do dia. Queria ser uma partícula a mais a dourar aquele mundão de água. Se alguém se dispusesse a mirar o mar naquele momento mágico, veria certamente a sua derradeira participação no teatro da vida. Suas cinzas refletiriam a luz do Sol sobre as águas plácidas do oceano. Ele, Adalberto, queria ser cremado e ponto final. Nem mesmo a alegação de que descansaria ao lado do túmulo de sua esposa, falecida havia mais de dez anos, demovera-o da ideia.

Ainda eram vívidas as recordações dos longos anos em comum. Foram companheiros de uma vida, embora percebessem que nem sempre estiveram assim tão juntos. Passaram unidos por períodos dolorosos, como a morte do filho mais velho, ainda rapaz. A mãe quase sucumbira de tristeza, mas, a duras penas, os dois conseguiram superar. Seguiram-se outros grandes momentos, alegres e tristes, solavancos na relação, mas permaneceram unidos.

Evitava pensar na esposa. Não queria mortificar-se com mais uma culpa, como se já não bastassem outras tantas que tentava digerir. Em seus momentos de solidão, inevitavelmente, vinham-lhe as cenas da vida a dois.

Iracema era terna e cálida como uma flor, enquanto ele mais parecia um vendaval a destruir jardins. A vida íntima sempre havia sido mais que tormentosa. Não conseguira suportar por muito tempo a tão decantada fidelidade no casamento. Sua natureza fogosa empurrava-o para as mais curiosas aventuras com as mais variadas parceiras. Eram colegas de trabalho, clientes, amigas, conhecidas. Encantava-lhe a arte da conquista e, em geral, entediava-se logo após atingir seu objetivo. O jogo da sedução era-lhe irrecusável. Como um vício.

Adalberto fora um belo homem, charmoso, sedutor. Gostava de ver como as mulheres cediam à sua lábia. Como se comportavam como dóceis gatinhas. Ele apreciava-as de todo tipo, sabia cortejá-las. Admirava-as quando se vestiam e quando se despiam. Admirava seus trejeitos, o modo de pentear o cabelo, de cruzar as pernas, o perfume que usavam. Sem dúvida, o homem havia sido um grande apreciador do sexo feminino, principalmente dos espécimes mais bonitos. Farejava-as e mirava-as como um cão de caça. Abocanhava, mas não mordia. Assim que a mágica da conquista se dissipava, desinteressava-se. Assim que elas caíam na armadilha, o jogo perdia o prazer. Era, então, o momento de mudar o alvo. Suas amantes duravam menos que um piquenique, Iracema bem o sabia. Inteligentemente, percebia que o jeito de manter o marido por perto era deixá-lo livre. E ela estava certa. Com a sensação de liberdade que tinha, ele jamais pensou seriamente em deixar o lar. A atitude da esposa era sábia. Ela tolerava a ideia de ser traída, todas as mulheres que conhecia também o eram, mas não aceitaria a pecha de abandonada, largada, desquitada. Essa situação haveria de matá-la de vergonha. Iracema, com sua reconhecida inaptidão sexual, compreendia as necessidades do marido. Para ela, sexo era cumplicidade à meia-luz. Para ele, festa em barracão. Iracema queria penumbra e música suave; ele fazia amor como se estivesse em um baile de Carnaval. Ela queria carícias e beijos, ele ia direto ao assunto. Para Iracema, o sexo demandava tempo e companheirismo; para ele, estava bem fazer amor nos intervalos. De qualquer coisa. Sua libido aflorava aos borbotões, enquanto para ela não passava de tênue filete a brotar de delicada fonte. Iracema não dispensava murmúrios ao pé do ouvido. Ele emitia gritos fenomenais durante o gozo. Ela amava os livros, as serestas, a poesia declamada à beira-mar. Ele era mais chegado a jogo de futebol e cerveja gelada. Ambos compreendiam que tal abismo entre eles precisava ser compensado. De certa forma, aquelas mulheres ajudavam a manter o equilíbrio do casal. Iracema desistira, havia tempos, de encontrar-se com o marido na cama. Para ela, eles eram feitos de matéria diferente, viviam em mundos distintos. Iracema passara a acreditar que homens e mulheres eram mesmo incompatíveis, e não havia como aproximá-los quanto a essa questão.

Ele sabia que suas escapadas extraconjugais magoavam a mulher, mas era impossível conter-se. Iracema nada comentava; seguia impassível, orgulhosa. É verdade que ele não tinha a intenção de ferir a esposa, eram arroubos de sua excessiva virilidade e, afinal, prática comum e plenamente aceitável entre os homens de sua geração. A esposa fingia não tomar conhecimento. Apenas pedia a Deus que ele não aparecesse em público com alguma vagabunda, ou que tivesse filhos na rua. Isso ela não toleraria.

Algumas novas lágrimas surgiram no rosto sulcado do homem. Sem mais suportar, martirizava-se com a culpa pela morte da esposa. Tanto aprontara que ela se fora. Imaginava como pudera ela suportar tanta traição. Como pudera aguentar o seu comportamento arredio e inquieto, o seu insaciável apetite sexual. Como pudera a esposa escutar tantas histórias a seu respeito, tantos telefonemas de mulheres enciumadas, possessivas. Dava-se conta de como deviam ter sido infernais os anos de convívio com ele. Uma vida. Sim, uma vida inteira. Como ela suportara tudo aquilo?

Mas, afinal, Iracema já não estava ali. Para a sua sorte, seguramente. Fora-se a mulher, e ele ficara a expiar as próprias culpas. A chorar pelo que fizera e também pelo que não fizera. Não havia saída, era chorar ou chorar.

Não, de forma alguma queria ser enterrado ao lado da esposa. Ela não merecia isso. Se não pôde fazê-la feliz em quarenta anos, não seria após a morte que conseguiria. Que Iracema descansasse em paz. Ele preferia morrer sozinho. Sozinho como sempre havia sido.

Marília insistiu e ele disse não. Não precisava de nada. Tampouco de uma cozinheira para fazer-lhe comida especial. Um defunto precisa de descanso, não de alimento. Ele não precisava de comida nem de mimos. Estava muito bem daquele jeito, sem dar trabalho a ninguém. Uma mulher morando com ele, fazendo comida para ele, só serviria para lhe atiçar a imaginação, seus desejos mortos. Não tinha apetite nem vontade de viver. Por que sonhar com o que não fazia mais qualquer sentido?

Mulher? Para quê uma mulher? Uma cozinheira? Não, Marília, não. Definitivamente, não! Já era demais apreciar todas aquelas deusas seminuas descendo para a praia com seus corpos curvilíneos e bronzeados, exalando feromônios. Recordava saudoso o tempo em que conseguia fazer subir algo mais que o polegar. O tempo distante em que tivera nos braços algumas das mulheres mais lindas de que já se teve notícia. Lembrava-se, cuidadosamente, dos nomes de todas elas, dos detalhes de seus corpos esculturais. Lembrava-se do tom de voz, do jeito de falar, dos sinais, até do nome das fragrâncias que cada uma costumava usar, mesmo as mais efêmeras. Experimentara de todas. Das mais requintadas às mais vulgares. Aquela era a arte à qual dedicara-se durante toda a vida, desde o tempo de rapaz. Desde o tempo em que costumava ser muito difícil estar com uma mulher sem ser em um prostíbulo ou depois do casamento. Eram tempos difíceis, aqueles. Tempos em que a caça rareava e era sempre necessário empenho e arte. A arte da sedução. A arte que desenvolvera tão habilmente.

Uma mulher em casa, fosse quem fosse, não lhe faria bem. Só reviveria suas lembranças de homem fogoso e conquistador, e reforçaria a lástima de sua velhice e impotência. Não queria ver muito de perto um corpo torneado outra vez. Bastava apreciá-los à distância, da varanda. Não sabia que reação poderia ter. O que poderia ser, se mal conseguia levantar-se da cadeira de rodas?

O velho sonhava e chorava. Lembrava-se dos corpos suados das mulheres que amara, dos seus gemidos. Estivera presente em todos os gritos de prazer, eram seus troféus. Fechava os olhos, e, por instantes, ainda podia sentir o toque macio de suas peles. O aroma. O perfumado e doce aroma de corpos femininos em delírio e êxtase. Adalberto teve a longínqua sensação de ter tido um orgasmo. Sentiu abalos no corpo. A crise de tosse voltou. Tive um orgasmo psíquico, pensou. Uma pálida ideia dos verdadeiros orgasmos do passado, quando ainda estava vivo. Bobagem! Mortos não gozam.

Relutava em abandonar os saudosos pensamentos sexuais, as lembranças mais gratificantes de sua vida, apesar do sofrimento que geravam. Embora dolorosos, eram eles que mais o faziam recordar-se de que a morte ainda não o arrebatara por completo. Com eles na cabeça, ainda se sentia humano e, sobretudo, macho. Talvez esta qualidade já não tivesse tanta importância naqueles dias, ao menos era o que parecia, mas para ele isso era muito importante. Nascera e criara-se no tempo em que os homossexuais que se atreviam a sair às ruas eram apedrejados. Ele era homem, sempre fora homem, orgulhava-se disso, e lamentava estar condenado a uma cadeira de rodas. Se não fosse por isso, possivelmente ainda estaria correndo atrás de algum rabo de saia. O destino havia sido cruel. Tirara-lhe o seu mais importante atributo. Mais cruel ainda, matara-lhe a ação sem arrefecer o desejo.

Agora estava ali, sofrendo, amargando memórias picantes dos amores que havia tido ao longo da vida. Era torturante lembrar-se de cada detalhe, cada pequenino, minúsculo detalhe. Por que o destino não lhe corrompia a memória como fizera com o corpo? Por que não destruía as passagens mórbidas que lhe atormentavam a alma? Por que não apagava de suas lembranças as maravilhosas mulheres que conhecera? Malditas mulheres, fêmeas insaciáveis que agora degradavam-lhe o envelhecer. A morte precisava chegar em definitivo, pensou. Que chegasse mansamente e destroçasse o que restava de sentimentos em sua alma. Que fizesse calar o desejo de sexo que parecia querer acompanhá-lo ao túmulo. Que lhe invalidasse o espírito, anulasse qualquer sentir, qualquer pensar, qualquer desejar. Adalberto pedia o fim. E se, por um breve instante, pudesse estar outra vez com seus amores, todos eles, qualquer deles, apenas um deles? Oh, Deus!

Felizmente Iracema estava morta. A companheira de tantos anos, que suportara tantas decepções, estava ausente. Partira, decerto magoada, ressentida, deprimida. Ela não merecia vê-lo mais uma vez pensando em outra mulher, mesmo que nada significasse. Ela não merecia vê-lo sonhando, desejando, martirizando-se por uma qualquer, uma conhecida de última hora. Uma vagabunda, prostituta, cortesã, teria pensado ela, sem nada dizer. Só agora, ao ver apodrecerem suas carnes, dava-se conta da tragédia que impingira a ela, sua esposa, sua verdadeira esposa, mãe de seus três maravilhosos filhos.

O remorso corroía a alma empedernida daquele homem. As lágrimas que escorriam pela face enrugada tinham um significado. Cada uma delas representava uma falta inconsciente que agora se revelava. A memória de Iracema cobrava explicações e justiça. O juízo final está dentro de cada um, sentia tardiamente. É pela nossa própria consciência que somos julgados. A condenação vem a seguir, na forma de uma prisão de carnes que se deterioram a olhos vistos. Divisava o portal da morte, clamava por ele, mas não tinha forças para ultrapassá-lo. Certamente fazia parte de sua pena vê-lo de longe e sentir-se impotente para ir até ele. Apreciá-lo sem tocá-lo. Vislumbrá-lo e imaginar a paz que podia existir do outro lado. A paz que devia existir do lado de lá. Para a sua alma atormentada, isso era tudo de que precisava.

Mas o homem não encontrava paz. Não a encontraria tão facilmente. As lembranças de todas as épocas de sua longa vida vinham lhe tirar o sono e impedi-lo de atravessar o portal. Ele, certamente, não merecia aquela promissora paz. Aquele silêncio que serenaria seu espírito e seu coração amargurado. As lembranças atingiam-no como dardos venenosos a picar suas carnes. Como lanças certeiras, teleguiadas, que não lhe deixavam qualquer chance de fugir. Sofria como condenado que era a vagar pela vida sem sentido de velho inválido.

Aquela varanda, aquele apartamento, eram a sua cela com vista para o mar. Eram ainda mais espaçosos que o corpo decrépito que sua filha insistia em alimentar. Ela não entendia. O amor de filha, ainda que imerecido, prendia-o ao mundo da matéria. Sua alma queria voar, mas o corpo mantinha-a ancorada. A preocupação dos filhos aguilhoava-o. As lembranças traziam-no amarrado a uma vida sem validade. A culpa impossibilitava-o de ter um julgamento idôneo. Sentia-se perdido. Não tinha coragem de encerrar a própria vida. Era covarde, frouxo. Constatava que era o que jamais imaginara ser: um borra-botas.

Ainda bem que Iracema havia morrido. Ele não suportaria que presenciasse tão doloroso ocaso. Ela certamente veria suas fraquezas estampadas na doença e no corpo que se decompunha. Ainda bem que a esposa carregara para o além sua imagem ainda relativamente jovem e saudável. Era assim que queria que ela se lembrasse dele, caso fosse possível. Não, melhor não. A mulher sofrera demais. Seria melhor descansar em paz sem se lembrar de nada. Adalberto compreendia que as lembranças não seriam as mais apaziguadoras. Certamente não eram as que ela precisava além da fronteira da morte. Seria melhor se Iracema pudesse apagar os últimos quarenta anos. Ele trataria de fazer o mesmo.

Marília voltou a telefonar. Não pode deixá-lo em paz, afogar-se em seus próprios pensamentos? Afinal, o que ela quer? Insistir na conversa da cozinheira? Não, ele não precisa de uma cozinheira. Precisa tomar um táxi e ir direto ao cemitério, antes que ocupem sua vaga. Marília, ele precisa morrer! Deixe-o em paz.

A filha ficou de passar mais tarde e deixar algumas compras. Comida! Para quê tanta comida? Mortos não engordam, não fazem dieta. Mortos fazem greve de fome. Ele tinha direito à sua greve de fome particular. Não queria morrer de barriga cheia. Consultara o manual dos mortos e lá estava escrito que era aconselhável adentrar o mundo dos desaparecidos com o estômago vazio. Não seria de bom alvitre encarar a situação com as tripas dilatadas por velhos vícios. Dava-se conta, neste entardecer, de que não fora um bom vivente, talvez apenas para os filhos, mas, mesmo assim, não estava seguro. Queria ao menos ser um bom defunto. Tinha o direito de ser alguém decente, quando nada, na morte.

Como morto-vivo, ele já sabia, ou intuía, o que deveria fazer quando chegasse a hora. Em sua imaginação, simulara todas as possibilidades. Em dias e noites de pura contemplação, além de lembrar o passado e bisbilhotar a vida alheia, havia tempo de sobra para pensar na morte. Para avaliar todas as possibilidades de morrer. Em verdade, imaginava como seria o derradeiro instante. Estaria consciente? Sentiria dor ou prazer? Haveria alguma sensação ou imagem específica? Algum sinal ou aviso? Qual seria a prerrogativa da morte? Prêmios?

Tolice! Pura tolice. A morte devia ser uma experiência anônima e desinteressante, pensou. Um baque surdo e pronto. O corpo cai e os componentes desagregam-se, voltam a fazer parte da natureza. Toda a matéria que utilizamos em nossa constituição é devolvida e reciclada na grande usina da vida. Nossos elementos dispersam-se e vão formar outros compostos, outros corpos. Em análise última, voltamos reciclados, ao menos os nossos átomos. Nada se perde, tudo se transforma. Mas, e a alma? Existe mesmo essa tal de alma? Ela é alguma coisa diferente do corpo, ou morre junto com ele?

O velho não tinha certezas, só perguntas. Sabia apenas que quando a morte viesse caminhando sorrateira pelo corredor, ele faria o que nunca fez. Ficaria quieto, passivo, e deixar-se-ia levar sem queixumes. Ela cumpriria sua obrigação e ele teria seu desejo realizado. Ao menos naquela situação, ele e ela seriam parceiros. Mas ela custava a chegar.

VEIO O CREPÚSCULO E o homem não sentiu fome nem teve a iniciativa de providenciar algo para comer. A despensa estava repleta e assim ficaria. Não tinha apetite. Não se pode ter vontade de comer quando se tem vontade de morrer. São desejos incompatíveis. Menos ainda quando se acredita já estar morto, sem que os outros tenham notado. Os filhos, pode-se compreender que não percebam, estão vinculados pelo afeto, não querem que o pai se vá, mas e aquelas pessoas lá embaixo que acenam de quando em vez? E aquelas mulheres lindas, de corpos roliços, que lhe sorriem ao olhar para cima? Certamente o fazem por pena, ao ver um velho caquético que sequer consegue manter a saliva dentro da boca. Sim, por piedade. Esta é a única razão. Talvez, também por medo ou solidariedade. Medo de que um dia fiquem assim, em um tempo muito distante, do mesmo jeito, babando na varanda. Desejando o que não podem ter. Negando o que precisam. A velhice era mesmo solitária e triste, constatou mais uma vez. O pesar das recordações, o doloroso inventário da memória, a limitação dos movimentos, as noites que não terminavam. Sonhava amanhecer no outro mundo.

O Sol declinava no horizonte, chamando a atenção do velho para o fim da jornada do dia. A passagem para o segundo ato. O reflexo dourado sobre o mar podia novamente ser apreciado. A praia esvaziava-se e as pessoas embaixo mostravam-se buliçosas. Coletivos passavam abarrotados, transportando gente que saía do trabalho e seguia para casa. Pessoas comuns, trabalhadoras, úteis à sociedade. Gente diferente dele, produtiva, que não ficava apenas esperando a morte chegar. Gente semelhante a como ele era no passado mas, agora, tão estranha. Gente com outras ideias, outros ideais, outros propósitos. Gente lutando pela vida, agarrada a ela. Gente que testemunhava ativamente a passagem do tempo, e não apenas o observava da varanda. Gente que não conseguia sequer controlar a própria vida, menos ainda a dos outros. Gente menos surrada pelas intempéries dos anos. Gente com projetos a realizar, filhos para criar, dinheiro para ganhar e gastar, erros a cometer. Ele, o velho, o deprimido, o fracassado, não tinha mais nada a ver com aquela gente. Fizera tudo o que eles ainda não fizeram. Vivera, sonhara, amara, criara filhos, realizara alguns projetos, ganhara e gastara, cometera todos os erros que pudera. Talvez até um pouco mais, quem sabe? Talvez tivesse até invadido a cota de alguém, amenizando-lhe o carma. Algo de bom deveria existir para alguém que tivesse coragem de viver plenamente a vida, sem muito compromisso ou responsabilidade. Para quem a vida não passasse de uma experiência lúdica, envolvente, apaixonante. Alguém como ele, disposto a pecar e a pagar pelos pecados. Alguém cuja coragem perdera-se no tempo, mas que tinha a nítida sensação de que a possuíra, um dia. Alguém como aquele velho na varanda, olhando para a rua como se procurasse um fragmento de sua própria vida.

Como se buscasse um sentido qualquer que justificasse a demora neste planeta.

Observava o movimento das pessoas lá embaixo. Aumentara a quantidade de ônibus e a fumaça provocava ainda mais sua tosse. A moça da floricultura fazia os últimos acertos do dia, varria a fachada do quiosque. A baiana gorda do acarajé havia recolhido o tabuleiro e partido com o ajudante. O guarda observava o trânsito e os motoristas apressados. Só o rapaz da banca de jornal trabalhava até um pouco mais tarde, para a miséria de seus pulmões carcomidos pelo cigarro. Já não se viam mulheres de biquíni ou candidamente enroladas em saídas de praia, escondendo segredos que ele se comprazia em imaginar. Os transeuntes tinham o ar fatigado de quem deu duro durante todo o dia. Aquela era a hora da Ave-Maria, de voltar para o seio da família. Era o momento do merecido recolhimento, para homens e pássaros. O Sol corria para o outro lado do mundo e a gente de cá precisava descansar. A história decerto recomeçava em algum outro canto. O velho tinha pela frente mais uma tediosa noite.

Esta parecia ser a sua sina, varar as noites e madrugadas, fumando, pensando, e olhando o vazio da cidade e a escuridão do mar. Que mais poderia fazer com aquele corpo flagelado e disforme? Gostaria de sair na noite, ver pessoas, tomar uma cerveja gelada no bar da esquina, ou, quem sabe, passear pela praia, respirar a brisa, sentir a areia macia. Queria andar, correr, pedalar uma bicicleta, cair no calçadão, ferir-se, sangrar. Desejava ser carregado em uma ambulância ouvindo a música da sirene. Queria ver o corre-corre de uma emergência, a expressão de pânico das pessoas. Queria as emoções do mundo. Adalberto queria ser gente outra vez. Gente como aquela gente que se retirava, ou até mesmo aquela outra gente que chegava para sentir a noite e a brisa. Aquele homem clamava aos céus que o perdoassem e lhe dessem o direito de provar o mundo de novo, só mais um pouquinho. Um pedaço de noite apenas. Prometia que estaria de volta antes da badalada da meia-noite. Era só mais um pouco, mais um teste. Que lhe dessem uma tarefa impossível, ele a faria. Para ter o direito de pisar o chão firme outra vez, ele a faria. E desta vez, estava seguro de que não desapontaria o criador.

Queria amar de novo. Não os seus velhos amores, ou, talvez, aqueles também. Queria amar o mundo, a natureza, inclusive a sua. Queria amar as filhas como não soubera. E a Iracema, a querida e saudosa Iracema, como merecera. Queria amar os amigos de uma outra maneira. Os clientes, os auxiliares, os antigos funcionários. Queria amar também os vizinhos, os colegas, os desconhecidos, os concorrentes e adversários. Faria qualquer coisa por um pedaço de vida outra vez. Não a vida que ele ainda arrastava, mas a vida autêntica, aromática, do mundo. A vida cheia de riscos, de dor e amargura, de decepções e equívocos, mas vida ainda assim. A vida que vira passar tão rapidamente e que agora desfilava, para seu martírio, sob a varanda. A vida que já não podia tocar, nem sentir, nem cheirar, só imaginar. A vida, maravilhosa vida, emocionante, sangrante, da qual se ausentara.

Sentia-se exilado. Perdido, faminto, em uma ilha deserta repleta de mosquitos. Não havia ninguém com quem falar, com quem trocar ideias. No máximo, escutar reclamações e conselhos indesejáveis das filhas, que estavam convencidas de que sabiam o que era melhor para ele. Como podiam saber, se tinham a perspectiva de outro extremo da vida? Se percebiam o mundo diretamente a partir dos seus sentidos em plena função? Quando estes, exatamente, embotam o verdadeiro sentir? Elas nada podiam saber, pensava. Não tinham como antecipar as dores da existência. Ainda não tinham sido testadas pelo nefasto envelhecer. Julgavam tudo do alto de sua arrogância juvenil. Como podiam entender o sinistro mundo dos velhos, o reduzido mundo dos velhos?

Não podiam. Estava convencido de que não podiam. O mundo dos velhos é impenetrável para os que ainda não viveram o bastante. É vetado aos que ainda não temperaram a alma no longo processo de envelhecer. Proibido para quem não amargou decepções, fracassos e desenganos, provas naturais e que fazem parte do enredo das vidas longas. Interditado para iniciantes, aventureiros apressados. O mundo dos velhos exige disciplina e fidelidade. É uma extensa confraria onde são aceitos apenas os portadores de muito tempo na bagagem, juntas duras, dores migratórias e tristezas no coração. Aquele que viveu muito, realizou alguma coisa, arrependeu-se de outras tantas, vislumbrou a tortuosa lógica da existência e sentiu que é tarde para tentar de novo, este sim, está apto a ser admitido no mundo dos velhos. O mundo dos velhos é um planeta distante, com órbita exótica, vagando solitário pelo espaço silencioso. Seus habitantes são seres igualmente solitários e silenciosos, que, embora se reconheçam à meia-luz do crepúsculo, não sentem necessidade de falar de si para os outros. A mágoa é compartilhada. Todos a sentem. Resta apenas a esperança, às vezes vã, de que a sombra da morte os alcance no meio do caminho, que já não têm fôlego para percorrer. E que com ela venha a bendita paz. O delirante e merecido nada.

Adalberto acreditava fazer jus a esse nada. Rogava por ele. Quando o nada chegasse, aquele homem queria que o resto de seu corpo carbonizado fosse espalhado pelo oceano. Suas cinzas surfariam as ondas e refletiriam a luz do Sol. Algum menino certamente testemunharia o momento em que partes suas se reintegrariam à natureza. Devolveria para a vida no mundo tudo que tomou emprestado. Partiria para a jornada insólita sem qualquer bagagem. Do jeito que viera.

 Não, Marília não sabia, suas filhas não sabiam. Ninguém, além dele, podia saber do que ele precisava. Levando-se em conta a juventude de que ainda desfrutavam, era-lhes impossível saber. A mocidade embaça a perspectiva da qual se vê a velhice. Anuvia a visão da estrada. Era impossível detectar de tal ângulo do que um homem idoso precisava. Ele estava carente das emanações do pântano do mundo, e disso os jovens estavam saciados. Tinha vontade de se lambuzar de vida, e isso também não faltava aos moços. Os jovens cresciam e precisavam de comida; ele murchava, para quê comer? Nem mesmo do maldito e destrutivo cigarro ele necessitava. Agora, porém, o cigarro parecia ser a única arma disponível. Pena que tinha efeito muito lento. Lembrou-se: precisava de uma arma de fogo, uma pistola, um revólver, um daqueles que já possuíra. Uma arma que tivesse rápido efeito, que não o fizesse sofrer muito. Teria coragem?

 A noite adensava-se e também os pensamentos em sua cabeça. Tinha a impressão de estar ficando bobo, mais ainda, ou não teria pensado naquilo. Coisa mais idiota. Fim mais infame. Ele podia estar muito velho e imprestável, e estava, mas não seria idiota de tomar uma atitude daquelas. Sua covardia não chegaria a tanto, pensou. Seria covardia ou um ato heroico? Pôr fim à tragédia de seus últimos dias era mesmo um pecado ou uma solução razoável e digna? Ele não chegava a uma conclusão. Jamais pensara seriamente no assunto, mas a velhice arrastava-o àquela condição de penúria. Levara-o a testar os limites de sua paciência, de sua arrogância, de sua confiança. Agora, o que restava? Um traste jogado ao canto, sem movimentos, sem vida. Acaso aquele homem encolhido, paralisado, moribundo, podia ser considerado um ser vivente? Se já não dispunha de vida, que mal haveria em morrer de vez, de chofre? Um tiro perdido na noite, como tantos outros neste país sem lei. Que diferença faria morrer desta ou de outra maneira? Teria que responder nas alturas pelo bagaço de vida desprezado, ou apenas pela sentença encurtada? O finalzinho que ainda restava não poderia ser negociado? Afinal, significava apenas um melancólico epílogo, nada mais importante. O que fizera estava feito, não poderia ser modificado, por isso seria julgado. Aqueles últimos minutos de sofrimento podiam ser poupados ou não?

O sujeito amargurava-se com pensamentos hostis. Sua mente envelhecida e fragilizada engendrava uma saída estratégica e honrosa para o dilema. Tinha demasiado tempo para pensar, por isso vagava por temas tão contundentes. Contundentes para quem ouve a notícia, resolutivos para quem se encontra na situação, ponderou. Um último pecado não comprometeria a sua nota final. Atrair a morte para o jogo, em vez de apenas esperar por ela passivamente, podia ser uma saída.

Não, não podia estar pensando seriamente em uma tolice dessas. Um homem como ele, que sempre fora amante do mundo, apaixonado pela vida, pelas aventuras. Que sempre vivera intensamente, corajosamente, temerariamente. Não, o próprio velho não podia acreditar que tais pensamentos estivessem rondando o seu juízo. Mesmo considerando a atrofia cerebral característica da idade — a tomografia mostrara —, mesmo assim, ele não podia crer que fosse capaz de uma escapada covarde desse tipo. O que pensariam as suas filhas? Como ficariam? Ora, Adalberto, o que podiam pensar as garotas? Apenas o óbvio, que você estava velho demais, senil, e fez bobagem. Os velhos fazem bobagens, além de cocô nas calças. Portanto, estaria perdoado. Um pouco de choro, despesas inevitáveis com um caixão lustroso, e pronto, estaria acabado. Todo aquele padecimento teria chegado ao fim.

Como ficariam as meninas? Não havia necessidade de se preocupar. Estavam bem encaminhadas. Deixaria o apartamento onde mora, o outro alugado, as economias. Cada uma tinha sua atividade profissional, há muito não precisavam dele. Mesmo neste aspecto sentia-se inútil. As filhas não lhe pediam mais dinheiro, não cobravam a mesada. O fluxo de caixa invertera-se. Agora eram elas que estavam sempre a oferecer alguma coisa, a perguntar do que precisava, a tentar forçá-lo a aceitar alguma coisa, como na história da cozinheira. Não, ele não precisava. Estava velho demais para precisar de qualquer coisa. Desejos, sim, ainda os tinha, mas não que precisasse do que desejava. De uma coisa apenas estava necessitando: morrer de fato! Mas isso sabia que as filhas não iriam aceitar. Mas por que tinham que aceitar? Que ingerência tinham sobre a sua vida? Ora, bolas! A vida é dele, cabem a ele as decisões a respeito. Mesmo velho, ainda tem discernimento bastante para fazer escolhas. Ou os mais jovens pensam que os idosos estão destituídos de qualquer poder? Por acaso imaginam que um homem velho não é capaz de responder por seus atos? Não tem um mínimo de lucidez? Tolice de seres imaturos! Ele está no fim, é um velho pelancudo, mas não é descartável. Isso seria demais para seu combalido orgulho.

Ele tinha, sim, condições de saber o que estava fazendo. Ainda lhe restavam alguns circuitos íntegros. Sua cabeça era lenta para as lembranças de fatos recentes, mas guardava perfeitamente os detalhes importantes do passado. Um velho vive de passado. Que importância tem o presente se nada de bom pode oferecer? Tudo que sempre lhe havia sido caro estava em algum lugar do passado. Toda a sua vida, o pedaço que vale a pena, estava irremediavelmente guardado, para não dizer perdido, no passado. Só o passado fazia sentido para aquele ser que se apagava. Não havia mais segredos a ocultar, não havia mistérios, nem entusiasmo. O que era bom havia ficado para trás, e agora restavam apenas lembranças cada vez mais soltas.

Ele sabia que até sua fabulosa memória estava prestes a desintegrar-se, assim como seu corpo. Quando isso acontecesse, aí sim, nada mais lhe restaria. As únicas coisas que ainda tinham um cheiro de realidade, mesmo que distante, eram suas lembranças. Suas vívidas lembranças. Quando se fossem, teria mergulhado definitivamente no vazio. O vazio da não existência. O vazio da morte. Ah! Isto, sim. Era tudo que desejava.

Não precisava de comida ou cozinheira. Que lhe trouxessem um maço de cigarros; qualquer um — já não havia mais tempo para escolher. E, se possível, que lhe trouxessem também um revólver, calibre trinta e oito, de preferência. Carregado, é claro. Com isso ele saberia o que fazer. Mesmo covarde, encontraria um jeito.

O homem não encontrava uma maneira de punir-se pelos pensamentos sinistros. Tirar a própria vida seria algo impensável alguns anos antes, quando ainda se sentia confortável dentro do corpo. A ideia ia contra tudo que conseguiram lhe colocar na cabeça sobre religiosidade, desde os tempos da avó Magnólia. Não batia também com o que tentara passar a seus filhos. Amor à vida, esta havia sido a lição número um. Se os meninos não captaram nas palavras, certamente o tinham feito nos exemplos, ainda que dolorosos. Como poderia fugir do mundo como um covarde? Jamais tivera medo de qualquer coisa ou deixara de enfrentar qualquer problema, como podia pensar em deixar aquela vida miserável de forma tão estúpida? Não, não o faria. Decididamente, não o faria. Suportara até aquele dia, portanto suportaria, em nome da decência, alguns dias mais.

Mas, e se chegasse aos cem anos? Aos noventa já seria muito. Não aguentaria mais dois anos daquele jeito, apodrecendo em uma cadeira de rodas. Tinha receio de encontrar seus pedaços pela casa, espalhados por todo lado. Como iria juntá-los outra vez? A gangrena seca que lhe amputara a metade do pé esquerdo podia atacar de novo. O que podia fazer para se defender? Os médicos recomendaram-lhe um monte de cuidados que ele não pretendia seguir. Eles queriam prolongar-lhe a vida e ele estava disposto a encurtá-la. Como poderiam trabalhar juntos?

Não, ele não iria depender de filhos ou de médicos. Trabalhara duro a vida toda para ser dono do próprio nariz. Tais conselhos não lhe serviam, eram inúteis no seu caso. Talvez não tivesse a hombridade de dar cabo da própria vida, mas esticá-la ainda mais seria inaceitável. Aquele corpo avelhantado não merecia prorrogação. Merecia, sim, deitar-se para sempre.

Não saberia realmente o que fazer se tivesse à mão um revólver calibre trinta e oito. Pensamento desta natureza jamais lhe ocorrera. Devia ser aquela droga de fim de vida que o levava a essa ideia louca. Era um ser do mundo, sentia-se apaixonado por ele, atraído por ele, de maneira alguma o abandonaria dessa forma tão pouco honrosa. Mas, e se a tristeza e a desesperança aumentassem? Como suportaria o degredo da alma naquela prisão de carnes flácidas? Que futuro haveria para um homem que se despetalava como uma rosa murcha? Não, não havia esperança considerável. Sabia que não. Após ultrapassar o grande portal da morte, talvez, mas naquele mundo em que estava, seguramente não. Fosse como fosse, não era direito dar fim à própria vida. Precisava esperar a morte pacientemente, pensou. Pacientemente? Por quanto tempo? Não há o que se possa fazer pacientemente quando se torna necessário esperar indefinidamente. A morte não estava disposta a contemplá-lo, sabia-o. Só não sabia por quê.

O homem tinha a sensação de que a morte ria dele, que se deliciava em vê-lo desesperar-se. Parecia gostar de vê-lo impacientar-se, irritar-se, pensar bobagem, e não estava a fim de ceder a seus queixumes. A morte pirraçava-o, tinha certeza. Ela que, impiedosamente, arrebatava tantos jovens, levava-os tão precocemente, mesmo antes que tivessem oportunidade de aprender alguma coisa da vida, levara até mesmo seu filho — ela cozinhava-o em fogo brando. Por que não o levava definitivamente? Por que não o tirava do jogo, já que ele não tinha mais condição de jogar?

Estava convencido de que a morte tinha algo de sádico. Não tolerava ser anunciada, não aceitava que a esperassem. Gostava, sim, de chegar de espanto, sem avisar. Queria a surpresa. Arrebatava, preferencialmente, no susto. Sorrateira e inesperadamente, assim lhe agradava acontecer. Imaginava que esta poderia ser a razão da tediosa espera. Seu momento já havia passado, a morte não tivera tempo e, agora, se desinteressara. Talvez ele tivesse mesmo que tomar uma providência.

Que providência poderia tomar? Rogava à morte que o visitasse na calada da noite, quando todos dormissem, ou então em um fim de tarde, enquanto estivesse fitando o mar. Enquanto estivesse se embevecendo com o reflexo dourado que retornava à praia no pôr do Sol. Enquanto via os banhistas e surfistas deixarem o mar, outra vez, em silêncio. Quando as ondas eram pacificadas pela brandura da noite.

Preferia mesmo morrer no crepúsculo, quando o mar era deixado em paz e a noite expulsava o dia. Não queria testemunhas, apenas o silêncio das ondas calmas. Queria sair do mundo sem ser visto, sem ser notado. No máximo, as ondas e as estrelas como companheiras em seu último instante. Nem filhas, nem família ou amigos. Não fazia questão de homenagens, velório, palavras soltas ao vento. Queria ser como as baleias, que se afastam do bando quando estão prestes a morrer. Se os animais sabiam reverenciar esse momento misterioso, por que não os humanos? Por que não ele?

Queria a paz das profundezas oceânicas. Queria a companhia de peixes primitivos que viviam nas regiões remotas do fundo do mar. Desejava o vazio e o silêncio das fossas abissais. Que suas cinzas fossem jogadas sobre as ondas do mar. Que sua alma repousasse para sempre na imensidão desconhecida dos oceanos. Que sua morte fosse um evento corriqueiro, ordinário, incapaz de chamar atenção. Não seria necessário nem mesmo uma nota nos jornais. Não havia a quem participar, além de suas filhas. Nem aquelas moças bonitas que desfilavam pelo calçadão se lembrariam de um pobre velho sentado em uma cadeira de rodas na varanda do terceiro andar de um dos prédios. Que ninguém se lembrasse ou percebesse nada de anormal. Sonhava em partir incógnito. Talvez assim se sentisse menos envergonhado por deixar o mundo com aquela inviabilizante sensação de fracasso. Aquela corrosiva impressão de que errou o alvo. Oitenta e oito anos passaram-se e ele custava a crer que quase nada de interessante levaria para o outro mundo. Queria ao menos chegar do outro lado com a ideia de ter valido a pena, mas nem mesmo isso ele tinha. Partia agonizante, com o coração aos pedaços, a alma chorosa. Nem ao menos tinha o direito, como as baleias, de retirar-se para longe do seu bando. O meu bando já morreu, pensou o velho, eu sou o último signatário. Seus amigos, parentes, contemporâneos, suas amantes, os seres que validaram sua vida viviam apenas em suas memórias.

 O que pode restar a um homem quando lhe tiram os seres que dão sentido à sua existência? Quando lhe arrancam da alma todos os amores, toda a aventura? Quando sequer se sente no mesmo planeta em que sempre viveu? Adalberto vivia desterrado. Sentia-se exilado em um mundo fora de foco. Um mundo que ele estava convencido de não lhe pertencer. Nada disso faz qualquer sentido, pensou. A vida não tem qualquer sentido. Pelo menos não encontrara sentido na sua. Aos oitenta e oito anos, desistira de procurar.

 Adalberto vivia só naquele apartamento, apesar da preocupação de suas filhas. Não aceitava cozinheira, arrumadeira, muito menos uma auxiliar especializada em cuidar de pessoas idosas. Mesmo com tantas limitações, fazia questão de cuidar de si próprio até onde fosse possível. Claro que o apartamento não era um primor de arrumação, mas o velho não se importava. Tudo fedia a fumaça de cigarro, mas ele não recebia visitas, a não ser das filhas, que sempre mexiam em alguma coisa, para desespero do velho. Melhor que tudo ficasse como estava, assim ele podia localizar qualquer coisa de que necessitasse. As meninas que o deixassem em paz. Elas aborreciam-no. Ele não tinha mais tempo, nem disposição de espírito para a hipocrisia. Não seria por serem suas filhas que ele deveria ficar satisfeito com tal intromissão. Restava-lhe não muito tempo, custava deixá-lo em paz?

E a morte? Por onde andava que não vinha buscá-lo? Maldita seja! O velho aguardava-a ansiosamente, e ela não dava as caras. Clamava por ela, e ela não lhe dava ouvidos. Tratava-o com desdém. Deixava-o solitário, mofando, deteriorando-se. O que desejava, afinal? Humilhá-lo perante os homens? Perante as filhas? O que ele, Adalberto, precisava fazer para ser ouvido? Para ser respeitado como um homem que merece morrer? A morte não podia evitá-lo para sempre. Mais cedo ou mais tarde teria que atender a seu pedido.

DESPERTOU CEDO NAQUELA MANHÃ, o Sol ainda não havia nascido. Acendeu um cigarro e foi até a cozinha esquentar um pouco de café. Às vezes um pedaço de pão, nem sempre do dia: este era o seu desjejum. Estava convencido de que não precisava de mais, e tampouco tinha apetite. Para manter uma carcaça decadente não precisava de mais. Comer muito lhe faria mal, ou o faria ganhar peso. Se tivesse certeza de que a comida o mataria, faria a vontade das filhas e se alimentaria melhor, muito melhor. Comeria até a morte. Mas não podia fazer isso. Era covarde demais. Assim como não encontrava forças para dar um tiro nos miolos inúteis. Ou, pior que inúteis, seus algozes. Seus miolos faziam-no lembrar o passado que o torturava. Faziam-no reviver os antigos amores, suaves sensações que não conseguia esquecer. Seus miolos maltratavam-no com pensamentos indecentes, ainda que prazerosos. Quando jovem, comprazia-se em imaginar aquelas coisas. Podia corresponder a elas. Agora, velho, aqueles pensamentos machucavam-no profundamente. De que adiantava pensar em sexo, se sexo já não podia ter? De que adiantava se lembrar das mulheres que tivera nos braços, contabilizá-las, se todas já tinham morrido, e, se não tivessem morrido, tampouco seriam as mesmas de suas lembranças? De que adiantava recordar-se de seus corpos, suas curvas, seus odores? De que adiantava ter guardado na cabeça envelhecida todos os perfumes que usavam? De nada adiantava. Tais memórias serviam apenas como instrumento de tortura para um velho aleijado e impotente. Um ser semivivo ou semimorto, indefinido, que ainda arrastava-se sobre a terra como uma lagarta que jamais teve a chance de virar borboleta. E, como tal, perdida a chance, rastejava inutilmente, esquecido de seus propósitos neste mundo. Um ser abjeto, sem qualquer função definida, destituído de lugar na natureza. Um sujeito anacrônico, a ocupar um espaço que não lhe cabia.

O velho locomoveu-se até a varanda e pôde presenciar os primeiros raios de Sol e, logo depois, o espetáculo do surgimento de reflexos dourados sobre as águas. Alguns garotos já pegavam onda àquela hora, outros vinham chegando. Adalberto observava os meninos sobre as pranchas de surfe, além da arrebentação. Lembrou-se de que sempre tivera desejo de surfar e lamentava nunca ter tido oportunidade. Quando o surfe tornou-se uma prática comum entre os jovens, ele já era um senhor adulto, com filhos, compromissos. Pela manhã, quando saía para o trabalho, via os garotos caminhando em direção à praia com as pranchas debaixo do braço, e os invejava. Admirava os seus corpos dourados, musculosos, saudáveis. Prometera a si mesmo, certa vez, realizar o sonho de aprender a surfar. Queria flutuar no mar, sentir de perto os solavancos das ondas, equilibrar-se sobre elas, domá-las. Quisera sempre, até onde podia lembrar-se, ser um surfista, um pegador de ondas, um amante do mar, seu cúmplice. Não pudera degustar o prazer de explorá-las mais de perto, do fundo, do alto, de dentro dos tubos, como faziam os garotos dourados daquela praia.

Admirava aqueles meninos. Mais ainda quando via as moças que andavam com eles em seus biquínis reduzidos. Uma tatuagem aqui, outra ali, despistando os segredos que traziam. E, ao mesmo tempo, excitando a imaginação. Com a pouca roupa que usavam não era necessário muito exercício mental para perceber o que escondiam, ou melhor, o que quase deixavam à mostra. Mulheres de todas as cores, de todas as etnias, belas representantes do gênero feminino, de quem o velho sempre fora devotado admirador. Aqueles moços tinham o elixir de que eu precisava, pensou. Corpos jovens transbordando saúde, mulheres lindas de fartas coxas, uma prancha de surfe e habilidade sobre as ondas. Tinham o Sol, a areia e o mar. Tinham o dia inteiro de ócio e ondas.

Sempre fizera tudo o que lhe dera na telha, por que, então, não aprendera a surfar? Teria sido realmente por causa da mulher, dos filhos, do trabalho exaustivo de toda a vida? Ou sentira vergonha por não ter mais a idade dos jovens que praticavam o esporte? Sentira-se deslocado, fora de contexto. Julgara que não seria possível, nem interessante, misturar-se a uma turma de pirralhos, estando com quase cinquenta anos de idade. Não, não tinha sido possível. A oportunidade passara e ele não a reconhecera.

Ele não queria, na verdade, ser surfista, via nisso apenas a oportunidade de estar, ao mesmo tempo, perto do mar e de belas mulheres. Conjugar as duas coisas de que mais gostava.

Da varanda do terceiro andar apreciava o mar e as moças que se dirigiam à praia. Via os garotos dourados realizarem manobras sobre as ondas. Via outras coisas mais. Via, mas não podia participar delas. Não podia molhar-se nas ondas, sujar-se na areia, impregnar-se com o perfume barato daquelas mulheres. Sonhava com elas, mas, lamentavelmente, não podia tocá-las. Fazia amor com elas, com todos os detalhes, mas apenas em pensamento, e isso estava longe de ser suficiente.

Era como se o velho as visse caminhando, tirasse uma foto, guardasse a imagem e, em seguida, em sua ideia, tirasse-lhes a roupa e as amasse. Amava-as como mereciam ser amadas. Acariciava-as como precisavam ser acariciadas, à moda antiga. Aquele velhinho inocente, imóvel como uma estátua, na varanda daquele prédio, deliciava-se em fazer amor da maneira que podia. Do jeito que a desdita lhe permitia. Uma lágrima escorreu em sua face ao lembrar-se de que só com Iracema, a doce Iracema, a coisa não funcionara daquele jeito.

O velho recolhia-se à imobilidade, à inércia. Cada vez que sonhava com sexo e com vida, uma nova onda de depressão arrastava-o para baixo. Pensar nisso fazia-o lembrar-se das suas limitações, das suas inúmeras impossibilidades. Fazia-o cair na real, na triste realidade. Aquele homem estava apodrecendo, como podia pensar em sexo, em mulheres? No entanto, acaso já estava morto? Não havia em seu corpo uma mínima evidência de vida? Sangue não coagulado não corria em suas veias? O coração, mesmo fora de ritmo, não batia em seu peito?

Precisava tomar providências. Não era justo apreciar da janela e nada fazer. Ele podia não ser muito veloz, e seu pênis, como tudo o mais, parecia agora ser feito de chumbo, mas não tinha importância. Ele não devia nada a ninguém, queria apenas, de novo, provar um pouco de vida. Queria sentir as emanações do planeta outra vez, antes que fosse tarde demais.

Pela enésima vez, desde que se habituara a frequentar aquela varanda, viu a tarde cair sem nada de diferente acontecer. Sempre a mesma rotina. A morte não chegara, e já que ela insistia em desprezá-lo, arrumaria um passatempo, faria alguma arruaça. Quem sabe assim, talvez, ela se mobilizasse. Seu destino estava selado, o julgamento final não tardaria, ele ainda tinha tempo para algum pequeno desmando que não comprometesse sua imagem diante de Deus. Nada que já não tivesse feito inúmeras vezes e, portanto, não prolongaria a sua estadia no inferno, ao qual se imaginava condenado. Nada que comprometesse sua biografia ou adulterasse sua personalidade.

Havia muito, entretanto, que não tentava aquilo. Para dizer a verdade, fazia anos. As últimas tentativas, frustradas, envergonharam-no e fizeram-no desistir. Não podia ser diferente agora, bem o sabia. Pelo contrário, seria até pior. Estava mais velho, mais frágil, mais insuficiente, porém, ainda assim, precisava tentar. Não havia nada, absolutamente nada a perder. Qualquer fracasso seria plenamente justificável. Podia ser a sua última chance de provar a vida, ainda que sob o aspecto da rejeição. É verdade que temia, mas uma característica era a de ter sido sempre capaz de domar o medo. Não seria a velhice que iria acovardá-lo.

Estava disposto a correr o risco. Só assim, correndo riscos, poderia se sentir vivo de novo. Para quem apenas a morte restava, qualquer outra coisa seria lucro.

O homem passou todo o dia espreitando o movimento da rua e das pessoas que passavam sob a varanda, particularmente o movimento das mulheres. Imaginou-as todas fazendo folia com ele. Viu-se correndo nu pela praia, seguido por muitas mulheres lindas, igualmente nuas. Em uma curva deserta da praia fez amor com todas, com uma de cada vez, com todas juntas.

Ao cair a noite, o homem viu a transformação acontecer alguns metros abaixo. As criaturas do dia desapareceram, cedendo lugar às criaturas da noite. Notou quando as mulheres da vida começaram a chegar, formando pequenos grupos, falando escandalosamente, insinuando-se, atraindo os clientes. Algumas usavam saias curtíssimas; outras, calças muito justas. Comportavam-se delirantemente, de um jeito que não agradava àquele espectador em especial. De qualquer maneira, ele sabia que não tinha muita escolha. Passara o tempo e a possibilidade de entreter beldades. Àquela altura, uma prostituta arrumadinha estaria bom. Queria vê-la nua, tocá-la, imaginar seu cheiro, seu perfume. Queria beijá-la sem pudor, sem receios. Fecharia os olhos e imaginaria estar com um de seus fenecidos amores. Queria estar com uma mulher outra vez, talvez fosse a última. Para quem pensava estar morto, aquela poderia ser uma aventura inesquecível.

Estava excitado. Fumou um cigarro para acalmar-se. Esperou que o grupo se dispersasse e diminuísse o número delas, à medida que os clientes apareciam. Carros elegantes aproximavam-se, encostavam, as moças debruçavam-se nas janelas. Alguns minutos de conversa, e entravam. Mais tarde, restavam apenas umas poucas meninas que pareciam ainda adolescentes. Adalberto abriu a porta e saiu em direção ao elevador.

Lá fora o ar estava fresco, a noite, agradável. Acendeu outro cigarro, como para tomar coragem, e seguiu com a cadeira de rodas em direção a uma jovem que se encontrava encostada em um poste. A moça percebeu a aproximação e imaginou que ele fosse apenas passar por ela. Surpreendeu-se quando o velho parou à sua frente.

O homem não disse nada. Pousou sobre ela o olhar abatido e ao mesmo tempo suplicante. Permaneceu calado por um longo tempo, a admirá-la. A moça estava longe de ser bonita, e, certamente, por isso mesmo havia sido preterida aquela noite. Para ele isso não tinha a menor importância, fora ela a escolhida. Não se encontrava em condições de exigir nada. Seria uma dádiva se ela aceitasse subir com ele ao apartamento. Aquelas marcas em seu rosto nada significavam e ele não procuraria saber o motivo. Ela não tinha passado, tampouco ele. Era uma mulher igual a qualquer outra. Tinha aquilo de que ele precisava.

A jovem estava esperando havia um bom tempo. Já estava sem esperanças de conseguir cliente e, de repente, surgia aquele velho. O que ele queria? Por que a olhava daquele jeito? Ela não permitiria que invadisse sua privacidade daquele modo, olhando-a como se procurasse nela alguma coisa. Este homem deve estar senil ou louco, pensou. Não passava de um velho caquético e esclerosado. Já deveria ter morrido, o traste. Por que ficava ali, parado, a fitá-la como um cão de caça?

A mulher olhou para o velho com desprezo, impacientou-se e disse rudemente:

— Qual é, vovô? Nunca viu uma puta não?

— Já — respondeu o velhinho, com a voz trêmula e rouca.

— Então, xispa! Cai fora! Eu tô trabalhando.

O velho não se mexeu. Permaneceu aparentemente tranquilo, sentado em sua cadeira de rodas, a olhar para aquela mulher como se ela fosse uma deusa grega. Esforçava-se para manter a cabeça erguida, considerando que a moça era alta e magra.

A jovem não sabia o que fazer. Incomodava-se com aquela presença espectral. O velho não tirava os olhos dela, secava-a com o olhar.

— Sai daqui, homem de Deus! Preciso ganhar a vida, não tenho a noite toda, e com você me fazendo companhia eu não arrumo nenhum cliente. Cai fora!

Adalberto permaneceu onde estava, parecia mesmo admirado. Via nela qualquer coisa que o hipnotizava. Desejava-a. Era sua derradeira chance. Após estar com ela, morreria em paz. Ela era formosa o bastante para fazê-lo sentir-se vivo outra vez. Despertava-lhe antigas sensações. Suas coxas lhe lembravam as de... não, melhor não pensar. Ela estava morta e ele também.

— Quer ficar comigo? — perguntou, afinal. Sua voz soou como um trompete.

— O quê?

— Quer ficar comigo? — repetiu ele automaticamente, no mesmo tom de voz.

— Ficar com você? — a moça perguntou, irritada.

— É — respondeu o velho, sem demonstrar entusiasmo.

— Escuta, vovô, eu não estava esperando exatamente um cliente numa limusine, mas em uma cadeira de rodas aí já é demais. Você não está mais na idade pra estas coisas, vai embora e me deixa trabalhar, ok?

— Vamos para o meu apartamento — ele insistiu.
— Em uma cadeira de rodas?
— Eu moro aqui em frente. — O velho olhou para o terceiro andar de seu prédio.

A moça acompanhou o olhar até a varanda vazia. O velhinho parecia ter alguma condição financeira, e isso era bom, mas o que poderia querer com ela naquelas condições? Mais parecia um quebra-cabeça desmontado. Aquele estranho homem ainda tinha desejos carnais? Ela não sabia, mas não poderia ser um trabalho muito difícil. Ao menos tinha a certeza de que não seria agredida. Aquela proposta estranha poderia ser lucrativa, afinal.

— Você é o velhinho que eu sempre vejo sentado naquela sacada? — perguntou ela, em um lapso de ternura.

O velho não respondeu, mas ela sabia que era ele. Já o tinha visto muitas vezes, com o olhar perdido. Nunca imaginara, entretanto, que o homem ainda pensasse em sexo. A moça riu, e ajudou-o a atravessar a rua.

Chamou a atenção dela o cheiro de cigarros impregnando o ar, as almofadas, enfim, impregnando todas as coisas. O apartamento estava em deplorável desordem. Pratos sujos sobre a mesa, restos de comida, copos por lavar. Os armários mantinham-se com as portas permanentemente abertas. O velho vivia imerso em completo descaso.

— Você não tem uma empregada? — perguntou, indelicada.

— Não — respondeu o velho, secamente.
— Olha, precisa de uma.

Mais uma a insistir na questão. Ele não precisava, estava certo disso. Não precisava de nada, nem de ninguém. Até mesmo o convite para que ela subisse não passara de loucura de um velho senil. A última tentativa de ser gente outra vez, e não um vegetal a desidratar em um canto qualquer. Adalberto começava a achar que havia sido uma tontice convidar aquela jovem para subir ao seu apartamento. Ela, sem dúvida, era mais bonita de longe. Agora era tarde para recuar. Ela estava ali e seu desejo não arrefecera. Precisava, desesperadamente, daquela jovem enxerida de pele morena e pernas torneadas.

A moça sentou-se no sofá, desconfiada, como se esperasse o próximo lance. O que estava tramando aquele velho esquisito? O que iria pedir que lhe fizesse? Arrepiou-se só em pensar. O homem necessitava de uma enfermeira, não de uma garota de programa. E se ele sufocasse, tivesse uma crise qualquer, morresse? O que faria?

Não passara despercebido à jovem o olhar inquiridor que o porteiro deitara sobre os dois ao cruzar a entrada do edifício. O homem olhou-a detidamente, reconhecera-a da rua. Decerto só não a abordara por estar acompanhada do velho caduco. De outra forma nem teria entrado. E se aquele velho pifasse quando estivesse fazendo alguma arte com ela? Como deveria se comportar? Já tivera problemas com a polícia, não queria se meter em encrenca. Aquele apartamento cheirava a fumaça de cigarros e a confusão. Berenice — este era seu nome — não gostava nem de um, nem de outro. A sua intuição de mulher — mulher da rua, é bem verdade — estava a preveni-la.

O velho dirigiu-se ao quarto e fez sinal para que ela o seguisse. Com dificuldade, saltou da cadeira para a cama e recostou-se. A mulher parou e imaginou como deveria proceder. Com os homens que estava acostumada a encontrar, sabia bem o que fazer, saltava sobre eles, fazia malabarismos e esvaziava-lhes a carteira, mas com aquele senhor idoso, não tinha a menor ideia. Certamente que não funcionaria como um homem qualquer, mas que carta ele teria na manga? Aliás, o normal seria nada mais funcionar naquela idade, incluindo o coração e o cérebro. A prostituta estava surpresa com o interesse do velho. Imaginava por que motivo ele a convidara.

Sem pudor algum, Adalberto pediu que a jovem tirasse a roupa. Parecia estar convencido de que ali não se tratava de uma namorada ou amante e, sim, de uma mulher paga. Ele ordenava e ela obedecia, assim devia ser o relacionamento entre eles. Sem apegos, sem afeto, sem dependências. A mulher gostou do comando, isso caracterizava a relação profissional, sem envolvimento de qualquer sorte. Estava começando a ficar preocupada, a se sentir responsável por ele. Se algo acontecesse de errado, diria à polícia que ele a contratara. Esse era o seu serviço.

A prostituta foi, aos poucos, despindo-se sensualmente. Tirava peça por peça, como uma autêntica stripper. Parecia ter decorado alguma música de cabaré que a embalava em movimentos voluptuosos. O velhinho apreciava em silêncio.

O mal de Parkinson não lhe permitia expressar emoções. Seu rosto era rígido como o de uma estátua e seus movimentos, pesados como os de um paquiderme. Entretanto, ele ainda não estava morto. Suas emoções e seus sentimentos saíam pelos poros, pela respiração acelerada, pelos olhinhos úmidos que, subitamente, ganharam um novo brilho. O coração batia um tanto mais rápido, tentava alcançar o que estava acontecendo.

A mulher tinha um corpo inesperadamente bonito. Era jovem, e, apesar das cicatrizes no rosto, mantinha certa dignidade. Suas pernas longas e torneadas terminavam em coxas roliças e em ancas que se mexiam alucinadamente, à medida que a música interna prosseguia. Em verdade a moça contorcia-se ritmicamente, simulando movimentos eróticos, para delírio do espectador. O homem sentia vibrar todo o corpo. Suava, emitia baixinho sons incompreensíveis, gemidos. Uma centelha de vida trespassava seu corpo como uma corrente elétrica de alta voltagem. Tinha a sensação de que um desfibrilador havia sido acoplado ao peito e agora emitia descargas que o lembravam da vida na Terra. Aqueles espasmos benéficos enchiam-no de vida. A música inaudível que fazia a moça dançar daquele jeito devia ser maravilhosa. Aquele inquietante momento representava uma ilha de prazer na noite entediante de um velho prestes a morrer. Adalberto estava esfuziante. Quantos outros homens de sua idade, e na sua condição, podiam se presentear com um espetáculo como aquele? Quantos homens tinham a sorte de vislumbrar o Paraíso antes de morrer? Aquela moça, uma simples prostituta, era a chave para o céu.

    Adalberto emocionava-se, sacudia os braços como era possível fazer. Pensou em pedir a ela que pusesse para tocar alguma coisa no aparelho de som, mas logo desistiu. Não iria, por nada neste mundo, interromper aquela coreografia mágica. Aquela morena não precisava de música, ela era a própria música. Dava para ler a melodia em seus movimentos, como em uma partitura, como em boa parte das vezes precisava ler os lábios para entender o que as pessoas diziam. A moça possuía o segredo da juventude. Teve a sensação, mesmo que por um breve instante, de que seu pênis iria endurecer, e de que conseguiria levantar-se com as próprias pernas. Imaginou, desejou que a vida retomasse seu corpo decadente e o fizesse homem, macho, procriador. Sonhava em se deitar com aquela moça e fazer sexo. O melhor sexo possível.

Aquele corpo esguio, aquelas curvas, o tom de pele, tudo na mulher que tinha diante de si induzia ao sexo. O sexo bem-feito, completo. Sexo com carícias, beijos, e a inevitável penetração. À mulher cabia a correspondência aos afagos, a permissão, a recepção de um membro suficientemente duro e vibrante. Invasor e semeador. O membro com o qual, deliciosamente, deixava-se subjugar. Aquele era o jogo erótico fascinante que ele sempre apreciara. Um jogo de macho e fêmea. Um jogo de sedução, de sensualidade, de encontro e prazer.

Havia muito aquele velho não se sentia tão vivo. Havia muito seu corpo não vibrava daquele modo. Havia muito não estava tão perto de uma mulher nua, insinuante. Havia muito não tocava um corpo feminino. Não podia esperar mais. Sua respiração era cada vez mais ofegante. Seu desejo, cada vez mais intenso.

A moça seguia com o exercício de contorcionismo e de posturas mais que provocantes. Sadicamente, observava a reação do velho. Sabia que ele não seria capaz de ameaçá-la com o sabre em riste. Aquele pedaço de carne morta que trazia entre as pernas sequer lhe faria cócegas. Não passava de algumas dobras de pele, nada mais. O trabalho seria fácil. Provocaria o velho, pegaria o dinheiro e iria embora. Naquela noite, nem mesmo se sujaria, e ainda economizaria a camisinha.

O sujeito estava com sorte. Trouxera uma profissional a seu apartamento. A jovem dançava como ninguém. Tinha a sensação de que um orgasmo resgatado de algum lugar do passado o assombraria em questão de minutos. Ondas e mais ondas de puro prazer sacudiam-no. A visão daquela jovem nua trazia de volta algo de sua mocidade. Trazia as lembranças de seus momentos mais íntimos com algumas das muitas mulheres que conhecera. Sem dúvida, velhas sensações estavam de volta, ainda que o efeito sobre o seu corpo não fosse mais o mesmo.

Meu corpo não é mais o mesmo, concluiu. Como poderia ser? Afinal, passaram-se quase noventa anos. Ele havia aproveitado bem a vida. Aquelas eram suas últimas alegrias. Aquela, certamente, seria a derradeira mulher nua que veria. Queria prolongar aquela visão para a eternidade, mas ele sabia que seria impossível. As coisas boas nunca duram muito. A sorte é que as ruins também não.

Aquela moça, em vez de ser uma prostituta, era uma deusa do cotidiano, esquecida no calçadão de uma cidade grande. Aparentemente, mais um ser humano a zanzar pelo mundo, sem objetivos conhecidos, sem destino. Entretanto, era ela a sua derradeira musa. A última invocação do poder feminino em sua vida. Aquela mulher de belas pernas era a passagem para o outro mundo. Adalberto não se importaria de morrer ali, recostado em sua cama. Levaria consigo a visão do mar e da última mulher de sua vida.

A jovem tinha agora o corpo suado, e as gotas desciam sensualmente pelas costas e pelas pernas. Ele imaginava os seus eflúvios. Queria cerrar os olhos para sentir melhor, mas a visão daquele corpo nu arrebatava-o. Era difícil até mesmo piscar.

Silenciosamente, com outro gesto de mão, pediu-lhe que deitasse na cama. A moça seguia os comandos. Queria sair dali o mais rápido possível, e com o merecido pagamento. Sentiu-se aliviada ao parar de dançar. Deitou-se e inspirou fundo algumas vezes. O olhar do velho peregrinava por todas as partes de seu corpo. Ela sentia-se invadida, trespassada pelo desejo do homem. Percebeu o seu pênis sem reação e suspirou aliviada. Falta pouco, pensou. Terminaria aquele teatro em uma hora e desceria correndo. Talvez ainda conseguisse mais um cliente naquela noite.

Ele virou-se e passou a acariciá-la com uma das mãos. A moça assustou-se, mas, aos poucos, foi relaxando, permitindo que a tocasse. Afagou-a nos braços, no pescoço, nos seios. A jovem iniciou uma reação, mas recuou, afinal, fazia parte do trato. Deixaria que o velho matasse a vontade. A mão dele percorreu-lhe as mamas com delicadeza, desenhou círculos concêntricos em torno dos mamilos, a esta altura espigados. Em seguida, percorreu o ventre suavemente, repetindo os círculos em torno do umbigo, provocando nela alguns arrepios. A mão trêmula, embora carinhosa, desceu ao púbis e enveredou pela vulva. Sentindo-se tocada na intimidade, a mulher soltou um grito. Chegou a segurar o braço dele com a intenção de retirá-lo, mas o toque era tão delicado que ela, lembrando-se do trato, deixou-o ficar.

Quanto ganharia por tudo aquilo? Para deitar-se com um homem em estado de putrefação? A jovem olhou para o pé amputado. O que mais haveria amputado? O pênis não dera sinal de vida, ainda estaria ali? Estava curiosa. O velho não tirara a roupa, não seria mesmo necessário. Aquela era uma condição desigual, pensou a rapariga. Apenas ela estava nua. Olhou para ele e imaginou que talvez fosse melhor que permanecesse vestido, mas, movida por um misto de curiosidade e desprendimento, passou a despi-lo, desabotoando-lhe a camisa, e depois as calças. Adalberto retirou os dedos da vagina da moça e aguardou que ela terminasse o que começara. Em alguns segundos ambos estavam nus sobre a cama.

Berenice olhava curiosa o corpo enrugado do homem. As pernas atrofiadas, os músculos flácidos, a pele encolhida.

O membro jazia inerte, descorado. O tórax, excessivamente dilatado, denunciava o enfisema pulmonar. Então, olhou-o profundamente nos olhos. Olhos de medo, de final de tarde, olhos de assombro. Com mãos incrivelmente delicadas, de toque sutil, o velho tornou a explorar o corpo da moça, começando pelas pernas, subindo à raiz das coxas, perdendo-se outra vez na penugem da vulva. Desta vez Berenice não esboçou qualquer reação. Aquelas mãos trêmulas e carinhosas davam a impressão de terem sido muito bem treinadas, aquele homem conhecia de verdade uma mulher.

O ancião descobria um fôlego desconhecido. Sua mão insistentemente massageava o clitóris da moça, que, a esta altura, entregava-se ao exercício, baixando a guarda sem julgamentos. Dava-se conta de que estava na cama com um homem, ainda que muito velho, e fechava os olhos, imaginando-o em outros tempos, jovem e viril. Visualizava-o elegante, aristocrático, conquistador, cujas mãos finas certamente acariciaram muitas mulheres. Ela mesma, até onde podia lembrar, jamais encontrara alguém que a acariciasse daquele jeito. O velho sabia das coisas. Berenice sonhava com o Adalberto da juventude. Por que não nascera há mais tempo? Por que não o conhecera na mocidade? Talvez houvesse encontrado nele o homem de sua vida, o príncipe encantado com quem sempre sonhara, o homem que a resgataria, de uma vez por todas, daquela vida ordinária.

Aquela encenação toda não passava de um sonho, um delírio. Berenice teve medo de abrir os olhos e ver a realidade. Não queria ver o futuro inglório e decadente do seu suposto príncipe encantado. Os príncipes também envelhecem e morrem, pensou ela, e àquele homem carinhoso que agora beijava e lambia sua vagina, não restaria muito tempo. Gemeu de prazer.

O sujeito exultava. Com o rosto enfiado entre as coxas da jovem, agarrado às suas nádegas, refestelava-se, reencontrando prazeres esquecidos, sensações enterradas havia muito tempo, coisas que viviam apenas em sua absurda memória. Sentia-se homem outra vez, e resgatava a dignidade de outra época.

Não se sabe quanto tempo passou com a cara metida na intimidade da moça, mas, pelo que parece, ela gozou várias vezes. Estava completamente nua e relaxada sobre a cama de um velhinho surpreendente. Jamais havia sido tocada daquela maneira. O pênis, pela primeira vez, não lhe fizera falta. Berenice parecia rir baixinho, descrente.

O homem, exausto, tombou para o lado. De repente começou a tossir. Era o antigo inimigo que o atacava de novo: a temível falta de ar. Aos poucos os lábios foram ficando roxos, assim como as pontas dos dedos. Esforçava-se para respirar, abrindo a boca, como se quisesse engolir o ar. Arquejava, agarrava-se ao colchão, tentando, inutilmente, encontrar uma posição melhor.

Berenice, ainda de olhos fechados, sonhava. Saboreava os múltiplos orgasmos. Não se dava conta do que se passava ao lado. Adalberto tentava agora levantar-se, não tendo fôlego para queixar-se, para falar. Parecia querer apanhar alguma coisa. Berenice assustou-se, sem entender o que queria. Perguntou-lhe, mas não obteve resposta. O tom de pele do homem mudava e estava agora totalmente roxo. Sufocava-se sem que ela soubesse como ajudá-lo.

O sonho acabou, Berenice. Uma puta não vai muito longe. A história de uma prostituta nunca tem final feliz. Jamais termina com castelos e reinos encantados; no mais das vezes, em alguma delegacia. Seu príncipe desmanchava-se a olhos vistos, sufocava-se impiedosamente. Uma rapariga não tinha direito sequer de gozar em paz, há sempre uma condição limitante, terrivelmente limitante. Um homem idoso convidara-a para uma sessão de sexo oral e, sem justificativas, morria a seu lado. Outra vez a polícia, explicações e mais explicações, já estava cansada daquela vida. Precisava dar o fora antes que o velho batesse as botas, ou haveria mais complicações para ela.

O homem agonizava enquanto a jovem se vestia. Pensou em chamar alguém, mas desistiu. Não, não era aconselhável. O que mais podia fazer? O velho apontava para um canto do quarto, insistia. Ela olhou, viu um torpedo de oxigênio. Apanhou-o, abriu a válvula e entregou-o a ele, que, sofregamente, ajustou a máscara ao rosto. Inspirou profundamente por várias vezes, recrutando as últimas forças.

Aos poucos sua cor foi retornando ao normal e o desespero diminuiu. Passou, então, a respirar com mais calma. A moça percebeu a melhora e sentiu-se aliviada. De qualquer maneira era hora de partir, antes que algo novo e imprevisível acontecesse. O velho retomava o fôlego, tinha que ir embora.

Estava prestes a sair quando se deu conta, devido ao susto, que esquecera de cobrar pelo serviço. Virou-se para o homem que pouco antes agonizava e disse secamente:

— Você me deve cem reais.

O velho aspirava desesperado o cilindro de oxigênio, amassando a máscara sobre o rosto. Nada respondeu, sequer tinha condições de ouvir o que dizia. A jovem, impaciente, repetiu:

— Você tem que me pagar cem reais, não ouviu?

O homem seguia com os olhos fechados, tentando respirar. A mulher, assustada com a situação, queria ir embora, mas não sairia enquanto não recebesse o pagamento.

— Vamos logo, velho, me dá o meu dinheiro e eu caio fora daqui! — gritou.

Nenhuma resposta. Adalberto agarrava-se como um náufrago à sua derradeira chance de sobrevivência e abraçava o cilindro como a uma antiga e saudosa amante, enquanto a moça, de pé, parecia exigir alguma coisa. O velho virou-se a tempo de ver um objeto qualquer vir em sua direção. A partir daí, a escuridão.

UM CLARÃO VINDO DA rua iluminou parcialmente o quarto. Esquecera-se de fechar a cortina. Tentou levantar-se, mas não teve forças. Ainda estaria vivo? Acaso já não passara para o mundo dos mortos? Alguém lhe dissera, para seu espanto e decepção, que o mundo dos mortos não era muito diferente do mundo dos vivos. Caso já tivesse morrido, verificava que a experiência não era assim tão ruim. Morrer era levar uma pancada na cabeça. Agora precisava sair e encontrar alguém que lhe explicasse o que se faz depois que se morre.

Conseguiu erguer a cabeça e viu que estava em seu quarto, sobre a cama. Não, não havia morrido. Infelizmente, ainda não. O ambiente era exatamente o mesmo. Não faria sentido algum morrer e continuar tudo igual. Agradecia a Deus que aquela não tivesse sido a hora. Seria uma imerecida decepção descobrir que a morte era uma cópia fiel da vida. Para sua sorte, ele ainda não abandonara o lento processo de morrer. De qualquer modo, a morte ainda lhe reservava uma surpresa.

Doíam-lhe todos os ossos da cabeça, sentia-se tonto e enjoado. Então lembrou-se da falta de ar, que, felizmente, passara. Aos poucos, os fatos foram novamente tomando lugar em sua mente. Lembrou-se de que estivera com uma mulher, uma prostituta de pernas torneadas. Lembrou-se de que fizera com ela sexo oral, o único sexo que ainda era possível. Sexo claudicante, um tanto humilhante, mas, ainda assim, sexo. Ele não estava morto, decididamente não estava. Não tinha mais a potência do passado, nem gostava de se lembrar, mas verificara que ainda era capaz de entreter uma dama. Nem que fosse uma dama da noite, uma profissional. Profissional?

Recordou-se que a moça parecia querer dizer alguma coisa antes de ele apagar. O que acontecera? O dinheiro? Ele não acertara as contas com ela. Onde ela estava? Olhou em volta, a cabeça zunindo, uma dor insuportável na nuca irradiava-se por todo o crânio. Virou-se e abriu a gaveta da mesinha de cabeceira. Não havia sinal do dinheiro.

A cadela o havia roubado. Aquela prostituta infame que ele, irresponsavelmente, convidara ao seu apartamento o havia roubado. Levara todas as economias guardadas na gaveta. O dinheiro de sua aposentadoria, que Marília deixara para algumas necessidades. Até o destinado a comprar cigarros. O homem ficou deprimido. Como tivera coragem, aquela puta, de roubar um pobre velho à beira do abismo da morte? Como pudera? Realmente não havia mais dignidade ou respeito, não havia mais piedade. Aquela mulher não percebera que ele não passava de um velho a despedaçar-se? Como havia sido capaz de atingi-lo daquela maneira e roubar-lhe em seguida?

Ele não se perdoava. Quase morrera vítima de sua própria fraqueza. Uma mulher o mataria. Como podia ser? As mulheres sempre lhe deram vida, sempre representaram a maior das motivações para a vida. Ele, que sempre fora um caçador de mulheres jovens e bonitas, que sempre fora um amante insaciável, disputado por muitas delas, não podia imaginar que aquilo iria acontecer. Que desculpa daria às filhas? Certamente perguntariam pelo dinheiro. O dinheiro era dele, mas as filhas tinham controle sobre ele. Afinal, não passava de um idoso sobre quem todos pensam ter ingerência.

Pensou na porcaria de vida que estava a levar. Não podia sequer ser roubado em paz. Se não fosse a polícia, seriam as filhas a fazer perguntas indiscretas e indesejáveis. O que você fez com o dinheiro que deixei na gaveta, meu pai? Marília não lhe daria trégua. Perguntaria ao porteiro, aos vizinhos, a qualquer um. Iria querer saber de sua vida, de seus pequenos segredos, de seus pecados. Por que todos tendem a pensar que podem se meter na vida dos velhos? Porque pensam que estão senis e não podem viver por conta própria? Aquela era uma intromissão intolerável e, seguramente, justificava a teimosia de muitos deles. Precisavam, realmente, os filhos devolver aos pais idosos o cerceamento que sofreram deles na infância e adolescência? Envelhecer significava perder o controle das coisas. Significava não ter o direito de tomar conta do próprio dinheiro.

O sujeito ainda praguejava contra a prostituta ladrona. Roubara, sem dó, as suas economias. Mas, para quê um velho quer dinheiro?, perguntou-se. Para pagar o serviço de uma prostituta, ele mesmo respondeu.

Enfim, deu-se conta de que o oxigênio que salvara sua vida continuava escapando. Imediatamente fechou a válvula. Aquele precioso gás não podia ser desperdiçado. Embora quisesse morrer, notou que não seria assim tão simples. No último momento bate o desespero e o instinto de sobrevivência fala mais forte. Na derradeira hora não conseguira entregar-se. Tivera sua chance e não soubera aproveitar. Estivera a um passo da eternidade e recuara assustado. Covarde!

De qualquer outro modo, menos sufocado, pensou. Aceitaria morrer de outra maneira, mas com falta de ar, não. Seria impiedoso. Pensou em morrer dormindo, tranquilo, ao entardecer, sentado na varanda, onde passava a maior parte do tempo. Queria apagar-se no momento em que o dia se apaga, sob o crepúsculo rubro daquela cidade tropical, mirando o reflexo dourado sobre as ondas do mar. Quando o mar estivesse manso e receptivo. Assim ele queria ir. Que Deus o permitisse.

Ora, Adalberto! Não é mais tempo de fazer tal exigência. Dê-se por satisfeito em morrer de qualquer jeito. Meu tempo já passou e a morte se esqueceu de mim, considerou. Vai ficar feliz em deixar este mundo cruel, seja do jeito que for. Mas ele desejava que a morte o encurralasse, que não lhe deixasse escolha. Tendo alternativa, resvalaria outra vez para a covardia.

Por mais que a desejasse, a morte ainda era um tabu. O desconhecido assustava-o como, geralmente, assusta qualquer um. A morte tinha que chegar sem evidências, sem aviso prévio. Esperá-la era algo incompreensível, era angustiante, torturante. Adalberto queria ir embora; Deus, como queria. Mas não por conta própria. Que a incompetente da morte o levasse de uma vez por todas, que se antecipasse, para não permitir que o velho, por desespero, voltasse a pensar bobagem.

A cabeça doía um bocado. Esforçou-se para alcançar a cadeira de rodas. Tentou levantar-se, mas a tontura fê-lo recuar. Suas pernas paralisadas não ajudavam, porém, com muito esforço, conseguiu puxar a cadeira até perto da cama. Tentando equilibrar-se, apoiou-se nos braços e transferiu-se para a cadeira. Com um gesto brusco e trêmulo, quase virou junto com ela.

Suspirou aliviado quando se viu acomodado em seu pequeno trono. Em seu apático mundo, aquele veículo permitia-lhe um mínimo de movimentos. O suficiente para lembrar-lhe de que ainda estava vivo. Triste lembrança. Quisera já haver partido para a terra do descanso eterno. Quisera não ter mais essas pequenas preocupações. Quisera não ter sido roubado por uma prostituta barata. Por uma mulher maravilhosa que lhe resgatara a sensação de existir. Por uma vagabunda de última hora. Por uma deusa das ruas, que o fizera homem por um par de minutos, possivelmente os últimos de sua vida. Por que não lhe batera na cabeça para valer?

Foi até a geladeira, encheu um copo com leite e tomou um comprimido. A dor de cabeça atordoava-o, precisava de um cigarro. Tudo que não queria era que a prostituta lhe tivesse roubado também o último maço. Por sorte, lá estava o pacotinho sobre a cômoda. Acendeu um cigarro, deu a primeira baforada e foi para a varanda.

O dia amanhecia outra vez. A rua estava vazia, nem sinal das prostitutas. A malandra que lhe roubara, desaparecera com o resto de noite. Será que apareceria por ali de novo? Decerto que não. Certamente faria ponto em outro lugar, em outra esquina, em alguma das muitas esquinas daquela cidade calorosa e sensual. A mariposa não seria tonta de pousar por ali novamente. Pensaria que, por mais estúpido, aquele velho do terceiro andar podia dar queixa à polícia. Normalmente prostitutas e polícia não se dão bem. Adalberto considerava como se houvesse se desfeito seu sonho erótico de fim de vida. Um enorme hematoma era o resultado.

Agora contemplava os primeiros rapazes com suas pranchas, aproximando-se do mar. Faziam uma parada para aquecimento na areia, como se reverenciassem o prodigioso oceano diante deles e lhe pedissem boas ondas e proteção. Aquele mar generoso estava ali à disposição, oferecia alimento e diversão, beleza e frescor. Que graça teria aquela sacada se não fosse o mar? Se céu e mar não se confundissem nas tardes chuvosas e na boca da noite? Que seria daquele velho paralítico se o mar não servisse de cenário para o drama que se encerrava? Se não fosse o pano de fundo de sua triste novela? Lamentava, mas se não fosse aquele mar azul e lindo, o seu entardecer seria mais melancólico, ainda mais soturno.

Ele era apaixonado pelo mar, tinha por ele fascínio e medo. Lembrava-se dos muitos veraneios à beira-mar, das pessoas que conhecera nas praias e ilhas ensolaradas da Bahia. Lembrava-se dos passeios de barco e das pescarias com os amigos, das farras em alto-mar. Sempre vivera perto do mar. Só junto a ele sua vida parecia fazer sentido. Sua personalidade fora cunhada à beira-mar, seu espírito era banhado por ele. Lamentava, apenas, jamais haver experimentado o surfe.

Ficaria para uma próxima vida. Surpreendeu-se pensando em uma nova vida enquanto a antiga arrastava-se dolorosamente. Talvez, depois de morto, a saudade do mar o convencesse a voltar. Não seria a família, não seria o trabalho, nem a saudosa Iracema, que também conhecera durante um veraneio, nem mesmo as muitas mulheres tentadoras com quem se envolvera. Se algo me fizer voltar, esse algo será o mar, concluiu. Ao lado dele vivera as melhores aventuras de sua vida. Junto ao mar havia sido feliz. Vivera e trabalhara sempre perto do mar, que lhe fora íntimo, confidente, amigo. Até mesmo suas grandes dores, sempre as dividira com o mar, a exemplo da maior delas, a morte do seu filho: passara alguns dias no mar, viajando em *Penélope*, a sua confortável escuna, após a morte do seu menino. Iracema não quis ir e ele achou muito bom. Preferia mesmo ir só. Saiu de Salvador, rumo ao sul, parando em praias paradisíacas, algumas desertas. Evitava ao máximo pisar em terra, e só o fazia para abastecer-se, e de muito pouca coisa. Quando ficou sem combustível vagou sem rumo, seguindo as correntes marinhas. Viu o pôr e o nascer do Sol muitas vezes, até que um barco da Marinha resgatou-o a terra firme. Os marinheiros disseram que ele estava desidratado e parecia meio bobo. Iracema só ficou sabendo dias mais tarde.

Pedira ao mar que se aproveitasse da sua dor e o levasse até seu filho. Esperou por dias que algo acontecesse, mas a calmaria não se dispusera a ceder. Tudo estava absolutamente calmo. Aquela havia sido a mais longa viagem que fizera em *Penélope*. Logo depois, o barco foi vendido e as viagens, encerradas. Ancorou-se em terra e passou a apreciar e desejar o mar somente de longe. Não mais saiu para o mar. Topou umas poucas vezes, por muita insistência dos amigos, sair para pescar, mas sentia-se desmotivado. Os colegas reparavam que ele não era mais o mesmo. Estava claro que não era. Com o tempo, deixaram de convidá-lo. Os programas que envolviam mar não contavam mais com a presença do homem, abatido pela dura perda. O velho parceiro de farras sobre a água já não conseguia encarar as ondas. Estava avariado, com o casco roto. Uma onda mais forte poderia fazê-lo soçobrar.

Perdera seu filho e companheiro de passeios marítimos. Iracema quase nunca o acompanhava, mas o garoto sempre que podia ia com ele. Rapidamente aprendera tudo sobre o barco, e *Penélope* já não lhe escondia segredos. O pai estava convencido de que seria um bom velejador, e assim se tornava.

Renato tinha vinte anos quando a tragédia abateu-se sobre a família. A essa altura o menino era exímio navegador, e o pai tinha a ideia de comprar um barco maior. Junto com o jovem, todos os planos referentes às águas foram sepultados. Ele encerrou sua carreira como marítimo, e o mar passou a ser um objeto de desejo muito distante, irreconciliável.

Com a morte do filho, o homem tornou-se ainda mais esquivo com relação à família. O elo principal estava desfeito. O seu maior parceiro desaparecera, deixando um vazio no coração de todos, particularmente no de Adalberto. A admiração foi substituída pelo medo, permanecendo o fascínio. O fascínio e o silêncio.

Passou a encarar o mar de uma outra maneira, e, de certa forma, isso permaneceu para sempre. Gostava de apreciá-lo durante horas, em absoluto silêncio. Quando a mulher era viva, imaginava o que ele pensava enquanto as lágrimas desciam. Ele jamais teve coragem de arriscar-se ao mar outra vez.

Ali, daquela maldita varanda, ele podia ver o mar. O mar que o unia a seu filho em solidão contemplativa. O mar que o fazia se lembrar dos momentos que passaram juntos em perfeita harmonia e integração, a bordo de *Penélope*. A *Penélope* que ambos amaram. Aquele era o mesmo mar; agora, o mar que os separava. Renato estava do outro lado, em um lugar que ele temia e ao qual ainda não conseguira ir. Renato sempre fora muito corajoso. Ele, o pai saudoso, fora condenado pelo destino a apodrecer em vida. Desejava o mar, quisera morrer e espatifar-se sobre as ondas. Tinha desejado reencontrar o filho no mar. No além, navegariam juntos outra vez.

Lembrava-se de que o garoto gostava de tudo que estivesse relacionado ao mar. Não apenas velejar com a escuna, mas também pescar e mergulhar. Os dois conheciam os melhores pontos de mergulho e dedicavam-se a isso com frequência. Muitos fins de semana foram passados nesse tipo de aventura. Adalberto sentia-se completo em tais momentos com o filho. Era um tipo de prazer que compartilhavam, a despeito de não contarem com os demais membros da família. O homem imaginava como seria agradável se Iracema participasse daquela mesma alegria, se tivessem ao menos isso em comum. Mas Iracema tinha medo do mar da mesma maneira que tinha medo de sexo. Temia a fúria das ondas como a sua fúria no amor. Via-a como um rochedo a quebrar o ímpeto do mar, como sempre quebrara o ímpeto do marido. Como sempre refreara sua espontaneidade inconsequente. Iracema era uma beata enquadrada, enquanto ele vivia como pecador assumido.

Aqueles prazerosos dias passados com o filho, no mar, redimiam o pai de seu sentimento de pouco envolvimento com a família. Aquilo realmente ele tinha satisfação em realizar, e a companhia do rapaz fazia-o sentir-se verdadeiramente pai. Pena que as meninas preferissem ficar com a mãe.

Renato adorava estar com ele. Mergulhavam sempre juntos, até aquele fatídico dia. Aproximaram o barco de alguns recifes de coral, um ponto conhecido, onde já haviam estado diversas vezes. O menino mergulhou enquanto ele se concentrava em outros afazeres a bordo. Mergulhar sozinho era coisa que o pai jamais permitira, mas o dia estava bonito, o mar calmo, as águas rasas. Adalberto confiou na perícia do filho. Esta era uma culpa que ele, seguramente, carregaria para o túmulo. Um fato lamentável, terrivelmente trágico, que contribuiu para a deterioração total do relacionamento com a esposa. Iracema jamais o perdoou, e ele tampouco se perdoou. O episódio afastou-o de vez das aventuras no mar, que, agora, não era mais fonte de alegrias — agora, trazia-lhe recordações tristes. Com as ondas vinham as lembranças do filho e saudade, muita saudade.

O menino não mais voltou. Quando Adalberto percebeu que o filho estava demorando demais, mergulhou atrás dele, mas não conseguiu localizá-lo em parte alguma. Três dias depois seu corpo apareceu, desfigurado, em uma praia próxima. Jamais soube o que aconteceu. O garoto tinha habilidade e era muito cuidadoso.

Este foi o golpe fatal. O mar perdeu a importância de antes. Passou a ter um significado distante, silencioso. Passou a ser apenas respeitado, e inspirava-lhe um sentimento nobre ainda que triste. Afinal, representava o túmulo de seu filho predileto, seu companheiro. Não perdera apenas um filho e parceiro, perdera o elo familiar. Praticamente desapareceu com ele a sensação de compromisso com a família. Desapegou-se em definitivo da esposa, e as meninas, estas lembravam-lhe ainda mais a ausência do irmão. Aumentou nele a sensação de ser um estranho no ninho. Aquela família não era mais sua. Certa estranheza invadiu-lhe a alma e não sabia como se comportar. Jamais deixou faltar à mulher e às filhas qualquer coisa, mas, visivelmente, não era mais o mesmo, sequer conseguia permanecer muito tempo junto delas.

Agora olhava o mar. Com olhos tristes e úmidos conferia todos os dias como estava o respeitável assassino de seu filho. Aquele era o mar que ele costumava amar, que, de certa forma, ainda amava, e que dividia com ele a dor que o matara em vida. Havia entre ele e o mar um pacto de condolência. Embora o responsabilizasse pela dor que sentia, entendia que o mar também havia sofrido, de algum modo, a morte de Renato. Levara-o sem querer, confortava-se ele. Talvez apenas o guardasse para um futuro reencontro, que não tardaria. Felizmente, não tardaria.

O velho queria um dia voltar ao mar, e pedia a Deus que esse dia não demorasse. Voltaria a viver as aventuras com seu filho querido, quem sabe em outra dimensão. Uma dimensão incompreensível e remota, mas ao mesmo tempo, ali, a um passo dele mesmo, a um instante dele mesmo. Um instante futuro e incógnito que poderia surpreendê-lo a qualquer momento, e, certamente, era lá que residia a possibilidade de rever o filho, era para lá que queria ir. Não com aquele corpo disforme e inútil, erodido pelo tempo, mas com a alma leve e imortal. Assim, exatamente assim, como vivia Renato.

Sentado em sua cadeira de rodas, vivia seus pensamentos e lembranças. A um velho restava apenas viver pensamentos e lembranças, nada mais. Queria morrer e ser cremado, queria que suas cinzas fossem jogadas ao mar em seu momento mais bonito: a alvorada. O momento de dourado total sobre as ondas. Suas cinzas, então, se reconciliariam com o mar. Retomariam a amizade rompida. Lá, sobre as ondas, ele e Renato velejariam juntos outra vez. O mar mais uma vez seria testemunha das suas aventuras com o filho amado. O mar que os havia unido e depois separado, os reuniria. Aquele mar azul, temível, odioso e apaixonante.

Percebeu que as lágrimas desciam sem controle. Apanhou o lenço e levou-o ao rosto. O lenço retornou manchado de sangue. O velho assustou-se. Onde estaria sangrando e por quê? Seria a morte dando as caras? Acaso morreria com uma hemorragia? Adalberto nunca pensara nisso, mas achou até uma boa ideia. Sangrar não doía, e ele mal notara, podia partir sem se dar conta. Morreria exangue, sim, por que não?

    Estava eufórico. Jamais pensara naquela possibilidade, mas estava plenamente de acordo. Era uma maneira simples e segura de morrer sem dor, e isso o animava. Passaria para o outro lado sem sofrimento desnecessário. Bastava tudo que passara durante a vida, tanto desencontro, tanta decepção. Sim, ele merecia uma morte tranquila, sem sobressaltos. Pedira ao Pai e fora atendido. Aquele seria um fim impensado, mas muito digno. Não fosse a mancha de sangue no lenço, nem perceberia que estava morrendo.

    Exultava. Chegara o derradeiro momento. O ponto final aproximava-se, já era capaz de ver as grandes ondas do mar da eternidade. Lá, bem longe, um barquinho conduzia seu filho. Ele o esperava para pescar. Os dois estariam juntos outra vez, após tantos anos. Tinham a eternidade para compartilhar, isso certamente daria para muitas pescarias e mergulhos. Os peixes de lá seriam como os daqui? Ele ainda não sabia, mas estava prestes a descobrir.

    Via suas forças abandonarem-no. O sangramento não estancava e começou a sentir-se tonto. De onde vinha aquele sangue? De algum lugar da cabeça. Precisava ver o que estava se passando, não queria morrer sem saber o motivo. E se tivesse mesmo que prestar contas no além? Teria que saber, ao menos, o que o matara.

    Mobilizou as últimas forças e conduziu a cadeira até o espelho da sala. Levou um susto. O cabelo estava empastado de sangue, assim como o rosto e a camisa. Como não percebera logo? Explorou com as mãos, tentando perceber em seu crânio de onde vinha tanto sangue. Ao afastar um pouco os cabelos, notou um enorme ferimento logo acima da têmpora direita, que doeu ao simples toque. Não sabia o que pensar. De onde surgira aquela ferida? Imaginara antes que algum vaso se rompera e esse seria o golpe fatal, mas um ferimento daqueles? Teria caído e não se lembrava? Estava pasmo. Subitamente, em um relance, como um clarão proveniente do espelho, veio à sua mente a imagem do objeto arremessado contra ele. Aquela mulher!

A maldita prostituta fizera-lhe um grande favor, afinal. Roubara-lhe dinheiro, mas, em compensação, atraíra a morte arredia até seu apartamento. A julgar pela vultosa hemorragia, não haveria saída para ela, a não ser executá-lo de uma vez por todas. Coisa que, aliás, já deveria ter feito muito antes. O velho sorria por dentro. A morte não teria desculpas desta vez. Ele estava de partida.

Retornou à varanda, queria despedir-se do mar. Não planejara que fosse àquela hora, mas isso não importava agora. Não se viam mais os reflexos dourados, o Sol estava bem alto, mas isso tampouco tinha importância. O que realmente era relevante é que a morte estava à porta e seu momento chegara. Surpreendia-se por estar tão tranquilo. Julgava que tivera tempo suficiente para preparar-se. E a maneira como seria, parecia-lhe sobremodo aceitável. Agora era relaxar e aguardar os últimos preparativos da dona de todas as noites. Adalberto estava, sem dúvida, um pouco assustado, mas curioso para ver a face da morte.

Sentia, ao mesmo tempo, a dor da pancada e a agonia da morte. O mar à sua frente ia, aos poucos, perdendo a cor. O azul tornava-se cinza. Nuvens escuras davam a impressão de surgir no horizonte. A cabeça rodava, as pernas paralisadas tremiam, os braços pendiam inertes e a consciência ameaçava falhar. Ótimo!, pensou por um breve instante. Era a inconsciência da morte apresentando-se. Bom que não sentia nada de insuportável. A morte afigurava-se até mais serena e pacífica do que imaginara. Se soubesse que o último instante seria assim tão calmo, ter-se-ia poupado de muita aflição. Seria recepcionado por Renato em algum lugar próximo ao mar. Quem sabe, sobre as ondas, realizando o velho desejo de aprender a surfar.

O velho via exteriorizarem-se as derradeiras gotas de sangue, que agora fluíam mais lentamente. Não deve haver mais nada, pensou, não falta muito. O corpo pesava toneladas. As mãos estavam frias e pálidas. O cenário lá fora era o mesmo. Apenas o horizonte parecia mais carregado. Não discernia mais o céu e o mar. Sua prodigiosa vista dava sinais de cansaço. A luz da vida extinguia-se. Deve ser mesmo assim a hora da morte, pensou. A escuridão vem junto com a inconsciência. Quando se recupera a noção das coisas, já se ultrapassou o portal. Esperava que fosse verdade.

Enfim, apagou. O nada invadiu-lhe a alma, e tudo foi como um sonho. Avistou Renato, velejando solitário em um mar incrivelmente azul. Gritou inutilmente. Estava contra o vento, ele não podia ouvi-lo. Seu filho continuou cortando as ondas até desaparecer, para desespero do pai. O velho queria ir com ele, fazer o que sempre fizeram juntos, mas parecia impossível. Por alguma razão desconhecida, ele não podia vê-lo ou escutá-lo. Um cruel destino estava empenhado em mantê-los separados. Adalberto não compreendia.

Subitamente, ruídos metálicos estranhos atingiram-lhe os ouvidos. Um frio intenso fê-lo tremer dos pés à cabeça. Devia ser inverno no além. Abriu os olhos e estranhou o ambiente. Que tipo de lugar era aquele? Alguma estação de repouso do outro lado da vida? Notou que estava deitado em uma cama confortável e Marília cochilava em uma poltrona a seu lado. Marília? O velho desanimou, esperava encontrar Renato. O que Marília estaria fazendo naquele lugar? Marília ficara do lado de lá, ou... Não! Não podia ser! A presença de Marília só podia significar que ele não morrera, que havia sido socorrido a tempo. Merda! Estava a um passo de concretizar seu sonho. Como ela descobrira?

Marília despertou e lançou-lhe um belo sorriso. Era uma mulher bonita, tinha os traços de Adalberto. Decepcionado, ele tentou corresponder. A moça conhecia bem a personalidade de seu pai, não se deixaria abater por aquele velho turrão. Aproximou-se e disse carinhosamente:

— Muito bem! Senhor Adalberto, o que aconteceu afinal?

Ele não queria responder, não conseguia esconder seu desapontamento. Marília não tinha que lhe salvar a vida, não havia o que salvar. Aquela menina estava sempre a cercá-lo de mimos e cuidados. Aparecera justo no momento em que morria. Tudo estava indo tão bem. Agora teria que começar outra vez.

— Como você soube? — perguntou o velho, secamente.

— Alguém viu um velhinho ensanguentado na varanda do terceiro andar e avisou o porteiro.

— Ah!

— Puxa! Você parece não ter gostado de ter sido salvo a tempo.

— E não gostei mesmo.

— Ora, meu pai! O que esperava que eu fizesse? Que eu o deixasse sangrar até morrer?

— É. Por que não?

— Deixa de ser um velho teimoso. Você sabe muito bem que nenhuma filha faria isso.

— Você bem que podia fazer, eu já te pedi.

— E eu já te disse que não vou fazer, ponto.

O velho calou-se zangado. A filha chegara, mais uma vez, em hora inoportuna. Estava prestes a morrer e tudo dera errado. Marília espantara a morte. Não tinha esse direito. Tudo retrocedera ao ponto zero. Teria que esperar outra oportunidade e passar por tudo aquilo de novo. Sentia que paciência já lhe faltava. Rogava à morte que lhe desse uma nova chance. Oxalá, tão tranquila como aquela.

Os médicos dispensaram-no após umas radiografias e a sutura na cabeça. Não sofrera nada mais grave, para seu próprio desespero. Quando se chega àquela altura da vida e se quer ir embora a todo custo, nada é assim tão grave. O mais grave mesmo seria a tão esperada morte e, neste caso, a solução.

Ele entendia que a perspectiva das filhas e dos médicos era exatamente oposta à sua. Riria quando eles chorassem e choraria se rissem. A filha levara-o ao hospital na tentativa de salvar-lhe a vida e, lamentavelmente, conseguira. Mas ele relutava em aceitar a ideia de que algo havia a ser salvo. Aquele resto de vida não era digno de qualquer esforço nesse sentido. Um homem velho, deficiente, inválido, caindo aos pedaços, por que teria que continuar a respirar neste planeta em que existe esperança apenas para os jovens?

Este mundo gira em torno da beleza e da juventude, pensou. Estas são as qualidades que todos querem manter, homens e mulheres. Não há espaço para os idosos teimosos que insistem em atrapalhar o caminho dos jovens apressados. Os velhos não participam mais do ritmo de vida deles, portanto, ficam encostados em um canto, como um móvel velho, inútil, do qual não dá para se desfazer apenas por questões éticas. Os velhos não pertencem a este planeta, que gira agitado em torno do Sol da juventude. Os velhos pertencem a outro mundo, de órbita mais lenta, que roda em torno de alguma estrela prestes a apagar-se. Jovens e velhos não deveriam encontrar-se, são a sombra um do outro. O jovem olha o velho e se angustia porque não quer ficar igual a ele. O velho olha o jovem com inveja porque já não é mais como ele, cheio de vigor. De qualquer maneira, um provoca no outro estranheza e angústia, razão pela qual não deveriam encontrar-se. Acaso se encontram?

Tinha certeza que não. Estavam completamente isolados, vivendo em mundos diferentes dentro do mesmo mundo. Frequentavam zonas diferentes do espaço, e eram os velhos, sim, eram estes, que estavam no planeta errado. Pelo menos, até o momento em que morriam. Aí, sim, eram devidamente repatriados. Nesse momento eram deslocados até onde estava a sua turma, os amigos e parentes que viveram em sua época. Ele não se conformava em ter sido deixado para trás.

Vira partir, havia muito, todos os seus amigos. Foram-se Milton, Gomes, Eleutério, e até o caçula do grupo, Gervásio, que morrera de câncer havia mais de quinze anos. Acompanhara todos eles ao túmulo. Fora prestar-lhes as últimas homenagens. O problema é que não sobrara nenhum conhecido para levá-lo. Quem o acompanharia à sepultura? As filhas, certamente. Não restara ninguém de sua época. Nenhum amigo, nenhum parceiro, todos já estavam ausentes. Só ele restava na solidão do mundo dos jovens. Um sobrevivente da hecatombe que destruíra toda a vida antiga do planeta e deixara apenas sementes a germinar. Uma tragédia que exterminara o que havia de valor e deixara de pé apenas seres sem história, sem lembranças, sem glórias.

Agora queria morrer e lamentava não haver mais ninguém dos que dividiram o mundo com ele para carregá-lo ao túmulo. Ninguém que houvesse compartilhado sua época. Que houvesse vivido a tranquilidade e o romantismo de seu tempo. Estava só. Suas filhas não compreendiam suas dores, pertenciam a outra era. Renato talvez entendesse, havia sido seu companheiro, mas já partira, assim como sua velha e incompreendida esposa, espectadora de todas as suas loucas aventuras. Não havia mais ninguém que fosse capaz de entender a linguagem de seu tempo. Que no derradeiro momento, ao lado da sepultura, tivesse uma fala inteligível. Sentia falta das pessoas que entendiam a simbologia de sua época, que estavam impregnadas com a essência que ele conhecia. O mundo que via desenrolar-se de sua varanda era estranho e sem sentido.

Nada mais tinha valor para aquele velho que almejava a morte como a nenhuma outra coisa. Sabia que só a passagem pelo túnel da morte haveria de levá-lo a recuperar a compreensão das coisas, e ao fim daquela inesgotável solidão. A dor transfixante que o atingia sanaria apenas com a calmaria da morte, tinha certeza. Nada mais podia ajudá-lo. Pena que suas filhas não compreendiam seu desejo. Estavam imbuídas da ideia comum e estúpida de que qualquer vida, por pior que fosse, seria melhor que a morte. Oh, Deus! Como estavam erradas. Quanta tolice que só a juventude e a imaturidade podem conceber. As invisíveis razões da velhice atestavam-lhe que não era assim. O entendimento da verdadeira razão de viver escapa aos jovens.

Como resignar-se à impotência, quem conheceu a plena capacidade? Como acostumar-se à imobilidade sepulcral, quem viveu em frenético dinamismo? Como aceitar as trevas, quem um dia ofuscou-se com intensa luz? Envelhecer era recolher-se ao nada, admitir que o nada é o final comum de tudo, e que a velhice é a antessala da morte. Aos velhos restava apenas a grande dúvida da morte, a imensa dúvida da morte.

Continuou lamentando estar vivo. Naquela estranha sala de emergência, ao lado de Marília, ele chorou. Não precisava explicar-se. Sua filha entenderia que tinha todos os motivos do mundo para chorar. Até mesmo a verdade sobre a prostituta não precisava ser confessada. Marília já deveria saber.

Assim, a situação piorou mil vezes. Depois do episódio, Marília convenceu-se de que era absolutamente importante colocar alguém para tomar conta dele, ou melhor, vigiá-lo dia e noite. Era assim ou iria para a casa dela. O velho não teve escolha, não suportaria o barulho dos netos. Teve que engolir Cordélia, a eleita. Uma negra alta, de dentes muito alvos, robusta e risonha. A mulher passou a ser sua sombra. Orientada por sua filha, não o perdia de vista, salvo quando ia ao mercado ou à farmácia, ou em suas folgas, geralmente nos fins de semana. A negra fazia a comida e levava-lhe à boca, lavava e passava suas roupas, limpava a casa. Penteava-lhe o cabelo e colocava-o na varanda, onde sempre estivera. Fazia tudo que o velho sempre havia feito, ele mesmo, além de ouvir músicas evangélicas, cantarolar o dia inteiro e falar sozinha. A mulher representava uma ruidosa invasão em seu planeta senil. Sua velhice contemplativa e plácida estava seriamente ameaçada. Suas vivências na varanda foram bruscamente interrompidas. As histórias imaginadas e doadas a cada passante lá embaixo sofriam agora terrível interferência. Aquela era uma absurda ingerência na vida alheia, na vida de um velho em final de trajetória. Aquela mulher barulhenta era incompatível com seus propósitos. Mas Marília não lhe dera ouvidos.

Era necessário fazer alguma coisa. Passou alguns dias a imaginar o que fazer para afastar de sua vida aquela mulher inconveniente. Por mais que se comportasse indevidamente, a negra atendia-o solícita, sorridente e dizendo coisas pretensamente engraçadas, como se visse nele uma criança. Certamente considerava-o senil, desmiolado, coisa da idade. Tinha toda a paciência do mundo em refazer os malfeitos, em contornar seus maus modos. E ele, propositalmente, fazia bobagens. Desde espalhar fezes pelas paredes do banheiro até derrubar tudo que via pela frente. Tinha a intenção de cansá-la, de fazê-la partir, mas a mulher não se dava por vencida, acolhia o velho como a uma criança retardada e enferma. Desfazia pacientemente todas as tolices que ele aprontava. Deve ter sido treinada em alguma instituição para excepcionais, pensou o homem. Certamente confundia-o com algum de seus assistidos.

Ficava a matutar uma maneira de expulsá-la de sua casa. Aquela mulher era uma estranha a incomodá-lo, a interceptá-lo em sua caminhada rumo ao fim. Ela insistia em banhá-lo, penteá-lo, alimentá-lo. Preocupações que normalmente se tem com os vivos. Ele, que já se considerava meio morto, não queria se deter com coisas desse tipo. O velho observava-a, e urdia um plano para destroná-la do posto de comandante-chefe daquela casa. Ela não o faria sentir-se um zero à esquerda por muito mais tempo.

Marília não o compreendia. O que ele dizia era simplesmente desconsiderado, como se fosse um velho gagá, mas em breve provaria a todos que ainda era capaz de fazer alguma coisa em prol de si mesmo.

O homem entendia de uma coisa que poderia chocar a serviçal e levá-la a pedir demissão. A negra parecia muito religiosa e puritana, e esse tipo de gente, pensou, tem enorme preconceito em relação ao sexo, que era para ele a mais maravilhosa dentre todas as coisas normais. Ordinariamente consideram-no tabu e têm muita dificuldade em lidar com o assunto. São, em geral, muito reprimidas e uma coisa maravilhosa como o sexo transforma-se em temível pecado. Lançaria mão desse estratagema.

Esperou o momento oportuno e, um dia em que a mulher estava debruçada sobre a pia da cozinha a lavar pratos, aproximou-se sorrateiro em sua cadeira de rodas. A negra cantarolava uma de suas músicas de louvor e não percebeu a aproximação. Ele chegou o mais perto que pôde e, subitamente, enfiou o braço menos enfraquecido pela progressiva paralisia por baixo da saia da mulher, juntou todas as forças de que ainda dispunha e cravou-lhe a mão na enorme bunda. Tentou chegar o mais próximo possível da zona proibida, a zona sensível, pecaminosa. Quanto mais se aproximasse, maior seria o susto e a chance de êxito. A empregada deu um pulo, quase derrubando-o da cadeira. Interrompeu imediatamente a cantoria e tratou de correr ao telefone. Escutou-a avisar a Marília que não ia continuar no emprego. Certa quantidade de saliva escorreu-lhe das bochechas flácidas. Sentiu-se plenamente convencido de que uma mão na bunda, na hora certa, podia resolver muitos problemas sérios.

A mulher partiu sem olhar para trás, e ele estava só novamente. A estratégia surtira efeito. Aproximar-se do sexo da negra roliça era o golpe que a faria cair fora, e havia dado certo. O velho, após o já esperado sermão da filha, foi comemorar fumando na varanda, trazendo um riso cínico no canto da boca. Não bastava inventar histórias para as pessoas que passavam lá embaixo, ele estava vivendo as suas próprias. Não estava totalmente morto, afinal.

Apreciava o movimento da rua. Viu quando o namorado da moça do andar de baixo passou no quiosque para comprar flores. Certamente eram para ela. O moço entrou no carro com as flores e foi embora. Não, não eram para ela, pensou. Para quem seriam? Considerava um abuso, uma falta de respeito, comprar flores para outra mulher na floricultura em frente à casa da namorada. Aquilo era um acinte.

Em seguida, aconteceu um pequeno acidente. Um automóvel que passava trombou em outro que manobrava para estacionar, e seguiu-se um bate-boca, formando-se logo uma pequena aglomeração de gente. O guarda que atuava próximo à sinaleira chegou para acalmar os ânimos. A motorista que tentava estacionar parecia enfurecida e não parava de falar. O outro motorista envolvido, um rapaz, não encontrava espaço para dizer coisa alguma, e ficou esperando, nervoso, a chegada do policial. Somente depois dos trâmites de praxe, a rua voltou à rotina. A confusão acabou provocando um terrível engarrafamento que entreteve o velho por um bom tempo. Novas caras, novas histórias para elaborar. A baiana do acarajé fechou o tabuleiro e foi-se. Os últimos banhistas deixavam a praia.

Era o momento mágico do crepúsculo, quando todo o mar era pintado de dourado. Os últimos raios de Sol davam um espetáculo sobre as ondas cálidas. O mar da Bahia apaziguava-se, expulsando aqueles que se deliciavam em suas águas mornas. A noite não tardaria, e era necessário recompor-se. A hora da Ave-Maria, pensou. Um ótimo momento de morrer, ouvindo a música melancólica, fitando o mar dourado. Bem que poderia ser àquela hora, não havia mais por que esperar. Degustara a vida como poucos, o que faltava? Ele não sabia. Sentia-se atraiçoado pelo destino, rejeitado pela morte. Apodrecia no mundo sem piedade. Não haveria uma vontade superior que desse cabo daquela vida inútil? Por que expiava daquele jeito? Acaso seus pecados haviam sido assim tão graves?

Não encontrava explicações. Recusava-se a entender o motivo de tão angustiante espera. Todos deviam ter o direito de decidir o momento de morrer, pensou. Mesmo admitindo a possibilidade de alguém enganar-se com relação a esse momento, nada justificaria a torturante espera de um velho solitário abandonado à própria sorte. Carregando sobre o corpo o fardo da idade avançada, a maldizer os jovens, a morte, a Deus. Que alguém tivesse piedade e fizesse alguma coisa. Ele não tinha mais forças nem para morrer decentemente, estava esgotado. Onde estava a morte que não se apresentava para o serviço?

O crepúsculo trazia-lhe de volta, com mais força, as lembranças do passado. A natureza aguerrida, a vontade de vencer, de ganhar dinheiro, de namorar, de ter a companhia dos amigos. As aventuras nos negócios e na vida, as pescarias. Renato e os mergulhos, os passeios de barco. *Penélope*, a doce *Penélope*. Lindos momentos passados a bordo. Sua vida havia sido verdadeiramente gloriosa. Quem poderia prever um fim tão melancólico? Por que não poderia estar, mesmo velhinho, pescando a bordo de *Penélope*, em companhia de seu filho querido? Ou mesmo sentado na cadeira de balanço, na varanda da casa da fazenda, ao lado da velha Iracema?

Não, nada disso. O destino deixara-lhe apenas a pior das hipóteses: apodrecer solitário e triste em um apartamento vazio. O mais lamentável e funesto fim. O homem que sempre adorara o prazer, a aventura, os amigos, hoje terminava os dias sugando a vida dos outros da sacada de um apartamento. Observando a vida alheia, inventando histórias para desconhecidos. Aquilo era falta do que fazer. Não tinha mais o que fazer neste mundo.

O Sol descia triste no horizonte, arrastando com ele o lençol de ouro. A vida de todos reciclava-se em seus monótonos ritmos. Somente a dele não mudava, era uma sequência interminável de dias e noites sem proveito. Dias e noites desperdiçados a contemplar o vazio do oceano, a tentar preencher com histórias pitorescas o oco da vida daquelas pessoas que passavam anônimas. Cada um era devidamente cadastrado, recebia uma identidade imaginária e um destino igualmente imaginário. Passava automaticamente a fazer parte da trama fantasiosa de um velho caduco, que gastava o tempo a criar personagens. Dessa forma ele enriquecia, na medida do possível, o seu resto de vida. Dar vida aos outros ainda era mais fácil que suportar a própria. Engendrar destinos alheios era bem mais simples que rastrear o seu. Para os outros, Adalberto criava destinos que se desenrolavam no presente e no futuro. O seu próprio destino repousava imóvel no passado, e lá ficaria para sempre.

Permaneceu na varanda, meio adormecido, durante toda a noite. Não teve coragem de recolher-se à cama. Estava acomodado naquele pequeno trono sobre rodas onde reinava absoluto. O que lhe restava de movimento, só era possível com aquela cadeira. Fosse aonde fosse, ela e as pesadas lentes acompanhavam-no. Eram acessórios indispensáveis a um mutilado. Um velho guerreiro fragilizado e doente, sobrevivente da guerra cruel e pessoal de si mesmo. Uma pálida imagem do homem que havia sido um dia. Um arremedo de ser humano, um retalho, um trapo. Não lhe restava mais a espada nem os olhos de lince. Não lhe restava sequer o escudo, perdera-o durante a batalha. Restava-lhe somente aquele cavalo metálico, a deslizar lentamente no exíguo espaço do apartamento.

Não quis, ou teve preguiça, de ir para a cama. Varou a noite a bisbilhotar os seres da rua, a observar o burburinho das prostitutas e dos travestis. O silêncio entrecortado da madrugada provocava-lhe arrepios. As pálpebras pesadas caíam sobre os olhos encovados e, subitamente, abriam-se a qualquer ruído que ele ouvisse.

Sonhou que estava às portas do Paraíso. Era cercado por muros muito altos e havia uma só entrada, fácil de localizar, pois tinha uma multidão em frente a ela. Não havia fila ou distribuição de senha, nada que significasse organização. A lei do mais forte prevalecia e o empurra-empurra era grande. Sentiu-se frágil e impotente para arriscar-se. Viu-se parado, em frente ao portal do céu, sem poder entrar. Permaneceu ali por muito tempo, até decidir tentar. Todos, como ele, estavam mortos e buscavam a mesma coisa. Todos tinham a mesma chance. A entrada para o céu estava além do julgamento dos homens. Ele tinha que tentar, mesmo sentindo-se incapaz. A velhice tornara-o frouxo, mas ele não queria ser covarde, ou seria julgado por isso também.

O homem meteu-se na multidão. Manquejando, caminhou trêmulo até o ponto em que as pessoas se engalfinhavam. Notou que naquele lugar não precisava da cadeira de rodas. Era demasiada estreita a porta do céu. Enfiou-se entre as pessoas e, a muito custo, conseguiu ficar diante da enorme porta de madeira entalhada com inscrições incompreensíveis. Saberei o que significam quando chegar do outro lado, imaginou. Do lado de lá desta porta tudo se sabe. A morte fornece-nos a chave para todos os enigmas da vida. A morte desvenda todos os segredos. Neste ponto, um anjo, trajado como se fosse um centurião, aproximou-se pedindo-lhe os documentos e um breve histórico de sua vida. Documentos? Para morrer precisamos de documentos? Para morrer, não, explicou-lhe o anjo-centurião, mas para entrar no céu, sim. Como poderiam saber quem era ele em meio a tanta gente? Adalberto sentiu-se penalizado. Jamais pensara em passar por tal constrangimento. O céu estava burocratizado como as instituições da terra. Eram necessários documentos e um relato por escrito de sua vida. O que iria contar? Como ser fiel aos acontecimentos naquelas circunstâncias? Onde estariam seus documentos? A esta altura ele já havia sido cremado lá embaixo. Sua família já estava tentando esquecê-lo. Não, ele não portava documentos, jamais poderia imaginar que seriam necessários naquele lugar. Devia haver uma alternativa.

O anjo mostrava-se inflexível. Sem documentos ninguém entrava no Paraíso. Lá dentro devia ser uma maravilha eterna, mas chegar até lá não era fácil, definitivamente. O homem não sabia o que fazer. Recuar? Àquela altura? Depois de tudo que passara? Não, o anjo teria que o deixar passar. Ele já sofrera o bastante, era um velho esquecido pela morte, tinha seus direitos. Implorou. O anjo mostrou-se impiedoso, cumpria ordens. Ordenou-lhe que voltasse quando estivesse pronto. O homem não conseguia acreditar que chegara à entrada do céu e teria que retornar.

Aquilo não era real, não podia ser. Tudo não passava de um pesadelo. Chorava. A multidão acercou-se dele, vendo que o impasse não se resolvia. Ele não estava pronto. Outros tinham que entrar. Mais e mais gente foi chegando. Não conseguia respirar, sentia-se sufocado com a multidão, e tampouco se mexia, seu corpo estava paralisado. A velha paralisia da vida atacava-o outra vez. Percebeu que não tinha saída.

Abriu os olhos pesadamente. Ainda estava sentado na cadeira de rodas, na varanda do terceiro andar. A respiração era ruidosa e difícil, seu corpo tremia. Que horas seriam? Uma imensa fraqueza dominava-o. Era muito tarde. Dormira na sacada. Esquecera-se de si mesmo. Então, deu-se conta de que tinha febre alta.

Moveu a cadeira até o quarto e jogou-se na cama. Suas últimas forças abandonaram-no. A boca ardia de sede, mas não tinha coragem de ir até a geladeira. A respiração ficava cada vez mais arrastada e sibilante. O ar entrava com dificuldade e era aprisionado, produzindo, ao sair, o silvado característico. Tinha a sensação de ser um balão prestes a explodir. Sentia tontura, náusea, a cama parecia rodopiar. Percebia, nitidamente, que a existência se esvaía e não conseguiu evitar, apesar do medo, um esboço de sorriso. Quando tudo terminasse, certamente, alguém encontraria seu corpo com um estranho sorriso nos lábios. O sorriso da morte, pensou. Alguém diria que a morte passou suavemente sem deixar estrago, mas poucos seriam suficientemente perspicazes para concluir com exatidão o que realmente acontecera. A morte fizera àquele velho carcomido um tremendo bem, um enorme favor.

O homem sufocava e sorria. Não se assustaria outra vez a ponto de recorrer ao torpedo de oxigênio, deixado ao lado da cama. Caso estivesse um pouco mais distante, a morte seria certa, pensou. Mal tinha forças para estender o braço. Mas, estava logo ali, e parecia sorrir para ele. Aquela coisa verde horrorosa parecia acenar-lhe. Representava a vida para um velho enfisematoso e moribundo. Um velho enfisematoso, moribundo, louco e, dentro em breve, morto. Já não tinha forças para sorrir com os lábios, com o rosto, mas sorria por dentro. Enfim, a morte acenava-lhe com o fim tão almejado. O ponto final que apagaria todas as culpas e serenaria todos os conflitos. A escuridão silenciosa em que mergulhariam todas as lembranças, mesmo as doces que, curiosamente, também o torturavam. Esqueceria, enfim, a velha Iracema, Renato, as filhas, os amigos, *Penélope*. Esqueceria também os amores já esquecidos e os que retornavam como espectros à memória. Apagaria tudo. Definitivamente, toda a sua lamentável trajetória seria apagada, devidamente apagada. Merecidamente apagada. Sua vida longa e prazerosa, irresponsável e aventureira, seria anulada. O bem e o mal que fizera se diluiria no espaço do nada. Mágoas seriam esquecidas, perdões seriam desnecessários. Sua louca vida, pela qual sempre fora apaixonado, estava se reduzindo a nada com aquela febre que, por pouco, não lhe arrancava de vez a consciência.

Partia melancolicamente. Seus sentidos abandonavam-no progressivamente. Curiosamente, não entrou em pânico. Avistou, mais uma vez, o torpedo verde ao lado da cama e desejou alcançá-lo, mas, felizmente, não havia mais tempo, ou recorreria a ele de novo, em desespero. Um derradeiro feixe de músculos iria contrair-se e ele haveria de alcançá-lo. Aquela máscara em seu nariz salvá-lo-ia. O gás evitaria o fim.

Não, ele não fraquejaria. O torpedo de gás permaneceria intocado. Tudo se passaria de maneira natural. A morte viria de algum jeito, ele sabia. Se havia sido decidido no alto que seria daquela forma, então que fosse. Ele não interceptaria de maneira covarde o seu destino. De todo modo, já não tinha o que preservar. Entendia que a vida devia, obrigatoriamente, ser dotada de alguma qualidade, como havia sido a sua. Aquele final de existência já nada significava além de um acerto de contas com a consciência. Era o pálido e distante reflexo de uma vida de verdade, a outra face de uma vida plena.

Nada tinha a perder, estava feliz por morrer daquele jeito. Dedicava pensamentos amorosos às filhas, os únicos seres que, de algum modo, sentiriam sua falta. Todas as pessoas que amara o haviam antecedido na viagem ao outro mundo. Ele era o último passageiro. Por deslize da morte, ele havia sido esquecido. Por um momento acreditara que seria obrigado a viver para sempre, e não havia nada mais desesperador do que a ideia de viver para sempre. Mas, agora, o velho rendia-se ao inevitável. A morte chegara para cumprir seu propósito. Seria libertado, afinal. A justiça seria feita.

Sentia o corpo tremer e o suor ensopar suas vestes. Imagens estranhas e distorcidas, intercaladas por lindas paisagens, invadiam sua mente. Aos poucos perdia a noção do tempo e de onde estava. Viajava até a infância, a juventude, voltava à velhice. Muitas cenas do passado retornavam revigoradas, provocando-lhe arrepios. Emocionava-se como se as vivesse novamente.

Sentia o hálito da morte, ouvia-a respirar. Escutava uma música distante que acreditava lhe pertencer. É a trilha sonora da morte, imaginou. Um cortejo de imagens, sons, cores, cheiros, sensações várias, alcançava seus sentidos entorpecidos. Já não sabia se eram reais ou se produtos de seu cérebro agonizante. Morrer devia mesmo ser uma grande confusão. Toda a certeza que, pouco a pouco, montamos durante a vida, cede abruptamente, como em um terrível terremoto. O terremoto das ideias, das crenças, dos conceitos. Nada fica de pé. Viver deve ser mesmo uma tola ilusão, a morte contraria qualquer expectativa. Morrer é viver ao contrário.

As histórias que escrevemos durante a vida perdem o valor sob a perspectiva da morte. Tudo fica opaco, sem sentido. Quem morre aprende que tudo que fez e vivenciou tem importância relativa. Coisas que pensávamos insignificantes ganham outra dimensão; outras tantas às quais nos dedicávamos com fervor perdem o brilho. Nada fica por inteiro, tudo é fragmentado e descolorido, ou ganha novas cores, novos contornos. A morte, assim como a vida, é um fenômeno único. Adalberto a saboreava.

O sorriso desaparecia de sua face, cedia lugar a uma cor intensamente azulada. Os movimentos respiratórios diminuíam, não se escutava mais a sirene. O suor gelado acumulava-se na fronte. Delirava. Teve a sensação de ouvir o telefone tocar algumas vezes, ou seria o apito do barco de Caronte?

O navio zarparia em minutos, a tripulação precisava estar a postos. Funcionários uniformizados perfilavam-se sob as ordens do capitão. O barco seguiria para a tenebrosa zona entre a vida e a morte, e continuaria a navegar pelos mares sem vida do outro lado. Aquela rota era totalmente desconhecida e o comandante demonstrava apreensão. Os passageiros estavam tristes, mas em paz. Sabiam que não retornariam do cruzeiro, que partiriam para o merecido descanso na inconsciência. Adalberto tinha medo, mas, ainda assim, exultava.

Desta vez ninguém impediria sua partida. Aquele farrapo humano desapareceria para sempre. Seu corpo mutilado e apodrecido dissolver-se-ia definitivamente. Nada restaria, nem mesmo a lembrança. Deu-se conta de que ninguém deveria apegar-se aos valores do mundo, onde tudo é passageiro, principalmente as ideias a nosso próprio respeito. Não há por que se apegar a qualquer coisa. Tudo se desmancha na última agonia da morte, se não antes.

O navio da morte mergulhou nas brumas. Já nada se via ou ouvia, a não ser as pancadas das ondas no casco. O mar estava calmo, como devia mesmo ser o mar do fim de tudo. Após a jornada da vida, seria impiedoso se ainda fosse necessário enfrentar um mar agitado. Pelo menos aquele primeiro estágio da morte estava calmo. Adalberto esperava. O que esperava? Tudo agora era novo, precisava estar atento. Certamente haveria muito a aprender.

O navio singrava silencioso o mar desconhecido. Sem ruído de pássaros, sem ruído de gente, apenas o murmúrio monótono das ondas.

Teve vontade de procurar um canto para deitar-se, foi tomado de súbita sonolência. Não que o quisesse, preferia estar desperto, mas não conseguiu evitar. Sentiu seu corpo ser arrastado à inconsciência por um silêncio esquisito. A embarcação desaparecera em meio à névoa espessa.

Quanto tempo exatamente passou sem nada perceber, ele não saberia dizer. Tempo era um valor desprezível no território além da vida. Nada por ali poderia ou deveria ser medido em tempo. Seria tolice medir o tempo em um mundo eterno. Tinha ideia de que ali os segundos, as horas, os dias, os anos, nada significavam. Não passariam de mera curiosidade dos recém-chegados. Naquele mundo aparentemente desabitado, o tempo não valia.

Inesperadamente, teve a sensação de deslizar em um trilho por um longo corredor. Luzes acendiam-se, ofuscando a vista sensível. De repente, um universo de luzes abria-se à sua frente. Passou a sentir a presença de seres à sua volta, e de outros sons. Estalidos metálicos, zunidos, apitos variados. Ruídos intermitentes, à semelhança de alarmes, ecoavam em sua cabeça dolorida. A visão foi voltando aos poucos, e já não via apenas luzes e vultos. Estranhou todo aquele movimento e desagradou-se da impressão de que a morte ficava cada vez mais parecida com a vida. Isso era tudo que não queria, precisava descansar.

Finalmente percebeu que braços fortes agarravam-no, empurravam e puxavam. Com o discernimento claudicante, imaginou que estivesse sendo disputado por facções rivais. Aquela devia ser a encruzilhada que separava os caminhos para o céu e o inferno, e ele sentiu um súbito medo. E se merecesse o inferno? Lembrou que o inferno nunca fizera muito sentido para ele, tampouco o céu. Imaginava que algo deveria haver, e talvez o nada fosse esse algo, mas céu e inferno eram concepções para satisfazer a curiosidade das crianças. Tentaria permanecer lúcido, havia muito a aprender com a experiência da morte.

Sentiu que algo picava-lhe o braço antes de apagar novamente. Sua percepção foi diminuindo e ele mergulhou outra vez na escuridão. O vazio da noite da morte fazia-se presente. De novo ele nada sentia, via ou ouvia. Permaneceu no espaço, no nada, no impensável nada, por tempo indefinido. Seria a eternidade?

* * *

A MENOS QUE OS ANJOS do céu houvessem cometido algum erro, a eternidade havia terminado. Sentiu a consciência retornar como quem desperta após um atropelamento. Dores indescritíveis nas costas, ao longo da espinha, atormentavam-no. Sentia ardência na uretra e constante desejo de urinar. Alguma coisa penetrava cruelmente em sua bexiga, assim como em sua garganta. Uma interminável e assustadora corrente de ar invadia, dolorosamente, seus pulmões e forçava-o a respirar em um ritmo inadequado. Mal conseguia exalar e uma nova lufada abria poderosamente seus pulmões, injetando-lhe um gás que o deixava tonto. A imagem que lhe veio à mente foi a de um pneu em uma borracharia. Mais uma vez, teve a sensação de que explodiria a qualquer momento.

Cogitava que tipo de mundo seria aquele e que caminho havia tomado antes de cair novamente na inconsciência. Tudo levava a crer que seguira o caminho do inferno. Aquilo, fosse o que fosse, mais parecia uma câmara de torturas. Estava deitado de costas em algum lugar, completamente nu, com os braços amarrados, era impossível mexer-se. Queria virar-se, mas parecia condenado a expiar as suas faltas naquela mesma posição pela eternidade afora. Seu corpo estava preso em vários níveis e o menor movimento provocava dores atrozes. Um líquido fervente era-lhe injetado nas veias. Todos os ossos e músculos doíam ao mesmo tempo. A sensação era de que estava sendo fragmentado para entrar, aos pedaços, na estreita porta do céu. Aquela experiência tinha que fazer algum sentido. Deus devia estar em algum lugar.

A tortura prosseguiu por tempo indefinido. Ele implorava que não durasse eternamente. Aquilo estava longe de ser a experiência de morte que sonhara. Parecia ser tão ruim, ou pior, do que a vida dos últimos tempos. Era estranho que quisessem destruir seu corpo daquele jeito. Sentia-se tão frágil, não seria difícil fazê-lo desaparecer. Por que aquele processo tão traumático? Não entendia os métodos usados naquele lugar. Afinal, que lugar seria aquele? Certamente não era o paraíso. Deveria ser mesmo o inferno. A religião estava certa, o inferno existia, e ali estava ele para testemunhá-lo.

Agora tinha a sensação de que seu corpo inchara enormemente, e os músculos atrofiavam ainda mais. Sentia-se liquefazer, e as dores eram tão persistentes que até acostumou-se com elas. Tinha-as de todos os tipos: algumas eram contínuas, outras vinham intermitentemente, como se respeitassem horários. Umas eram do tipo irritativo, enquanto outras queimavam, ou repuxavam. Algumas eram como lancetadas, outras pareciam contusões ou pesos sobre várias regiões do corpo.

Depois os olhos ameaçaram abrir, com a diminuição do inchaço, mas ele não queria ver as cores, nem os seres do inferno, aqueles que o pegavam, apalpavam, cutucavam, feriam-no com agulhas. Os torturadores que o faziam arder e, em seguida, jogavam-lhe água, matando-o de frio. Aqueles diabos estavam esperando que acordasse para fazê-lo sofrer ainda mais. Certamente zombariam de sua cara ingênua tão logo abrisse os olhos. No entanto, estava resignado, devia ser mesmo o seu destino. Era o preço alto pago pela vida irresponsável que vivera. Primeiro a folia, agora a agonia. Lamentava apenas que a folia terminasse e a agonia fosse eterna, e tanto sofrimento, que não tinha fim, parecia-lhe injusto.

* * *

AQUELE NOVO DIA NO inferno amanheceu mais calmo. O ruído estridente diminuiu, dando trégua aos seus ouvidos sofridos. Estranhava haver agonizado em vida e, agora, também depois da morte. Tudo levava a crer que a eternidade era uma dor sem fim, não importando se vivo ou morto. O inferno parecia mesmo o inferno, e, certamente, não existia o céu, ou, se existia, era destinado a outros, não a ele. Não conseguiu esconder a decepção: o sofrimento não tinha fim. O fim, a morte, o descanso eterno não passavam de piada de mau gosto.

Afinal, abriu os olhos, apesar do medo de dar de cara com os demônios que havia muito o cercavam. Aqueles seres infelizes que o faziam penar sem piedade. Piedade, aliás, era um sentimento desconhecido naquela zona tenebrosa. Quem ali fosse parar tinha por propósito expiar todas as culpas. Considerava-se severamente julgado e punido. Merecera mesmo todo aquele padecimento? Sua consciência estava cansada de inventariar todos os seus pecados. Eram muitos, sim, bem o sabia. Mas, tudo aquilo? O propósito era ensinar, reconduzir, ou apenas punir por punir? Não tinha certeza de coisa alguma. Naquele mundo imponderável, sua mente oscilava entre a simples desesperança e a extrema angústia. Considerava-se um caso perdido.

Juntou forças e girou a cabeça para um lado e para o outro. Pôde ver que havia outros sofredores em igual situação de penúria. Homens e mulheres atados a máquinas que sugavam seu sangue e suas almas. Aparelhos que o enlouqueciam com seus ruídos agudos e compulsivos. Notou que sondas e finos tubos o conectavam a mil coisas diferentes. A temível bomba seguia injetando ar em seus pulmões, enquanto uma outra, ainda maior, parecia tirar e, em seguida, recolocar o sangue em suas veias. Constatou que estava em um hospital. Afinal, morrera ou não morrera?

Uma vez mais o seu direito de descansar em paz tinha sido desrespeitado. Parecia não ter merecimento nem para morrer. Alguém o conduzira a um maldito hospital. Começou a lembrar-se do que acontecera antes de despertar ali. Recordou-se da noite passada na varanda, da febre alta, do desfalecimento. Não se lembrava de mais nada. Surpreenderam-no no derradeiro momento, e levaram-no até aquele hospital, aquele inferno asséptico. Devia ser uma UTI, jamais vira tanta parafernália tecnológica junta. As pessoas eram impedidas de morrer naquele local, pensou. A caminhada rumo ao desconhecido era abortada por aqueles profissionais. Mas, quem eram eles? Médicos e enfermeiras ou demônios aterrorizantes? Sentira na pele que a ação deles estava na fronteira entre as duas coisas.

Aqueles seres tentavam salvar-lhe a vida. Como? Matando-o? Não compreendia o que ainda havia para ser salvo. E mesmo que houvesse algo, não estava disposto a pagar o preço. Queria morrer de verdade e pronto. Ninguém tinha o direito de impedi-lo. Não se tratava de um adolescente em plena crise de mimos, era um velho depauperado e senil, que chegara a um fim melancólico e pretendia terminar da forma mais honrosa possível. Os médicos não lhe podiam negar dignidade. Estava no seu direito.

Maldizia a vida. Quem poderia tê-lo arrastado até aquela masmorra? Ora, uma de suas filhas, é claro. As meninas ainda insistiam em prolongar-lhe a vida, quer dizer, o sofrimento. Por quê? Já não lhes transmitira sua vontade inúmeras vezes? Droga!

Queria ver-se livre daquelas máquinas, daqueles fios que o monitoravam indesejavelmente, que invadiam a privacidade de seus órgãos doentes. Sentia-se exposto, devassado, cruelmente dissecado. Queria sair daquela maca, livrar-se dos tubos e sondas que despejavam toxinas em seu sangue e drenavam seus fluidos vitais, ou o que restava deles. Queria respirar e urinar por sua própria conta. Fugir.

Precisava sair dali, precisava chamar a atenção de alguém. Estava atordoado, com dores, incomodado com as máquinas, os alarmes. Ninguém via aquilo? Ninguém ligava? Desesperava-se à medida que a consciência clareava. Sentia-se um touro no abatedouro. Um touro enfraquecido, sem músculos, sem vitalidade. Toda a sua energia agora se concentrava na mente, nos pensamentos de raiva, no ódio contra aquela situação humilhante. Praguejava silenciosamente. O tubo que entrava pela sua garganta impedia-o de falar, de gritar, de xingar. Os demônios torturavam-no e não havia ninguém para defendê-lo. Queria desaparecer daquele lugar maldito.

Uma mulher aproximou-se para sangrá-lo mais uma vez. Sabia que não seria a última. A situação era insuportável, ele precisava fazer alguma coisa. Os braços e pernas estavam amarrados e a cabeça era a única parte de seu corpo que estava relativamente livre. Começou, então, a batê-la violentamente contra a grade da maca. Não demorou muito, alguém aproximou-se com uma seringa nas mãos e injetou-lhe um veneno qualquer. Qualquer protesto naquele lugar seria punido com uma morte provisória. Viu novamente a noite cair sobre ele.

Quando acordou, percebeu que estava sujo de fezes. Notou que todos usavam máscaras, certamente devido ao fedor de seus excrementos. Ao menos daquela vez, via vantagem em não ser capaz de sentir cheiros.

Mais de uma hora se passou até que alguém viesse limpá-lo. Sentia toda a impotência de estar sobre um monte de merda, deslizar sobre ele, e nada poder fazer, a não ser esperar. Esperar que alguém o alcançasse em sua dignidade ferida, e fosse capaz de condoer-se a ponto de ajudá-lo. Aquele lugar ensinava-o a virtude da resignação, pois, quando a impotência supera todos os limites, é a única coisa que resta. Não tinha dúvidas de que havia tomado o caminho errado. Estava no inferno. O pior dos infernos, o inferno ainda em vida. Uma espécie de antessala destinada a prepará-lo para o pior, que ainda estava por vir. Arrepiava-se. Só não sabia se de medo ou de frio.

Agradeceu consternado e em silêncio à enfermeira que o limpou e banhou. Estava angustiado de ver-se patinando em cocô. A cabeça doía como se martelos a atingissem. Começou a sentir remorsos por havê-la golpeado contra a grade do leito. Mas de que outro modo poderia comunicar-se? Como chamar a atenção daquelas pessoas tão ocupadas para suas necessidades? Afinal, ele não pedira para estar ali, não havia sido consultado. Alguém, indevidamente, tomara a liberdade de arrastá-lo àquele antro de dor e sofrimento, aliás, mero prolongamento dos seus últimos dias. Quem poderia pensar que tinha esse direito? O que estavam fazendo com um homem em fim de vida? Contra o quê achavam que ele tinha que brigar? Contra a morte? A serena e bem-vinda morte? A ecológica e inexorável morte? Ora, tontos, isso sim, não passavam de uns tontos. Tontos e imaturos! Que fossem defender a vida de outra pessoa, um jovem talvez, com perspectiva adiante do nariz, não de um velho acabado, pedindo licença para morrer em paz. O que pensam que são? Deuses? Pensam que podem remover por decreto médico o direito à morte de qualquer um? Acaso não veem que sua vida chegou ao fim? Que querer mais é sadismo? Não percebem que há um momento para tudo nesta vida, inclusive para a morte? Que não é ofensa, desrespeito ou indignidade morrer? Aqueles homens e mulheres tão empenhados em preservar a vida daqueles pobres-diabos amarrados aos leitos cometiam um grave erro. Adalberto não conhecia as histórias de vida daqueles companheiros de infortúnio que dividiam com ele aquele pequeno inferno, mas estava convencido de que, ao menos em seu caso, tudo aquilo era um enorme equívoco. Um lamentável e torturante equívoco. E o pior: com a provável participação de suas filhas.

Certamente que as meninas queriam o melhor para ele, mas não podiam estar mais erradas. Levá-lo até aquele lugar havia sido um tremendo engano. Para um setor como aquele, vão pessoas desesperadas, que tentam fugir da morte porque ainda lhes resta vida, ao menos em potencial. Estão feridas, por qualquer motivo, mas ainda têm compromissos a saldar, festas e pescarias para ir. Ainda sentem vontade de ver o Sol nascer e morrer muitas vezes, querem saborear o sexo, a chuva, o compromisso. Não estão satisfeitas ou saciadas, querem mais. É justo que se lhes reservem mais alguns dias, mais alguns anos, para que possam degustar o banquete com calma. A vida, ao contrário do que pensam muitos, não precisa ser levada às pressas.

Aquele lugar não era para velhos ociosos e incapacitados que nada mais tinham a lucrar em permanecer no mundo. Aquela sala não podia ser destinada a prolongar o sofrimento daqueles que se despediam. Tinha a finalidade de salvar os que precisavam ser salvos, e apenas esses. Estava convencido de que não era esse o seu caso. Não queria fazer parte de qualquer estatística favorável de mortalidade, nem corresponder a nenhuma expectativa da equipe que cuidava dele. Queria, simplesmente, morrer. Aquele pessoal não podia ser tão insensível.

Finalmente, alguém, percebendo-o acordado, dispôs-se a explicar-lhe que estavam prestes a arrancar o desconfortável tubo de sua garganta e que iria passar a respirar por conta própria. Inicialmente teve medo, não sabia quantos dias havia passado respirando através de uma máquina. Seria capaz de retomar seu ritmo respiratório novamente? Não tinha certeza, mas isso não importava. Se não conseguisse, o que aconteceria? Bingo!

Houve todo um preparo e uma angustiante espera. Mexeram várias vezes no pequeno aparelho soprador de vento. Muitos alarmes tocaram, fazendo os martelos baterem ainda mais forte em sua cabeça. Finalmente, com gesto brusco, uma linda moça puxou o tubo de sua garganta, fazendo-o tossir como um tuberculoso. Tomou-lhe um acesso que o deixou completamente roxo. Imediatamente, a moça ajustou-lhe sobre o nariz uma máscara de oxigênio, semelhante à que ele tinha em casa, acalmando-o. Não demorou muito, passou a ter dificuldade de reassumir seu próprio ritmo respiratório. Era o último elo com a existência física, o elo perdido. O homem parecia não estar disposto a encontrá-lo novamente. A moça viu-se forçada a atochar-lhe sobre a face uma espécie de tromba de elefante que soprava ar dentro de seus pulmões à semelhança do aparelho do qual acabara de ser desconectado. A máscara estava tão apertada em seu rosto que deformava o nariz e os olhos. O ar outra vez o invadia como a injetar-lhe a vida que rejeitava. Inflava seus pulmões e estômago, em pouco tempo sentia cólicas e náuseas. Tudo era profundamente desconfortável, mas não havia a quem reclamar.

No dia seguinte ainda não conseguia emitir qualquer som. Era como se tivesse uma bola de fogo presa à garganta. Os problemas de comunicação continuavam. Sentia-se muito debilitado, e quando queria qualquer coisa, era forçado a provocar algum tipo de ruído, geralmente puxando as amarras dos braços, que, atados às grades, faziam-nas bater contra a lateral das camas. Alguém respondia ou aproximava-se.

Todos os dias, no horário de visitas, o velho era obrigado a suportar as caras risonhas das duas filhas, que o tocavam, seguravam suas mãos, penteavam-lhe os cabelos. As meninas pareciam estar permanentemente a postos, e, mal se abria a porta aos visitantes, lá estavam elas, com suas palavras engraçadas e carinhosas. Olhava-as desconsolado, não se animando a responder. Felizmente elas pareciam não se importar, e continuavam a conversar com ele a mesma conversinha de vivos, nada muito relevante.

Ele gostava mesmo era das visitas de Renato. Falavam das pescarias, dos mergulhos. Combinaram uma viagem em *Penélope*. Iriam a Porto Seguro descansar uns dias. Iracema também o visitou um dia desses, estava meio triste, não disse muita coisa e foi embora. Ele ficou com um gosto estranho na boca e um aperto no peito. Nem mesmo ali, naquele local singular, mergulhado em reflexões, encontrava palavras para conversar com sua velha esposa. Ah! Ela entenderia. Sabia que ele não era de muita conversa.

A despeito do ambiente eternamente hostil, sua permanência naquele lugar foi ficando mais branda à medida que tiravam os adereços inúteis que aquela gente prendera a seu corpo, e foi se sentindo mais leve. Um belo dia, talvez um dia de primavera, soltaram suas mãos inchadas e repletas de hematomas. Cumprira decentemente sua pena e agora era libertado. Havia sido premiado por bom comportamento, talvez, pois notava que muitos de seus colegas ainda estavam presos.

Em poucos dias percebeu grande movimentação de hóspedes. Alguns chegavam decididamente com mau aspecto, outros saíam cobertos com um lençol branco. Os felizardos, pensou. Os que tiveram a sorte de ser verdadeiramente alforriados, e deixavam todo aquele penar para trás, para eles abrindo-se novos caminhos, novos horizontes. Invejava-os. O velho, a despeito das carnes murchas, parecia feito de aço.

Naquele lugar, como no inferno legítimo, jamais se via o dia ou a noite. Talvez para que o sofredor não tivesse intervalos em sua dor, e não alimentasse qualquer esperança de repouso. Via homens e mulheres morrerem todos os dias em uma interminável novela necrológica. Era uma triste rotina acompanhada por uma ladainha de choro e dor. Os familiares desatavam a chorar ao receber a notícia e vinham ver e acompanhar o corpo do ente querido. Saíam, no mais das vezes, mortiços. O espetáculo era idêntico em todos os cantos da terra. A falta aguda de alguém que se ama provoca sempre comoção. Conjecturava se a penalidade não era, exclusivamente, para quem fica. O morto, para todos os efeitos, libertava-se de todos os cuidados. A trabalheira restava para a família, inclusive os procedimentos burocráticos.

Observava melancólico os que partiam agraciados pela morte e perguntava-se por que não era um deles. O que estaria faltando para que os céus lhe permitissem tomar o derradeiro rumo? Por que toda aquela espera? Não havia resposta à vista. Assistia curioso ao movimento de entrada de pacientes muito graves e de saída de defuntos. Aquela sala era um lugar de transformação, de transmutação. Era um terreno onde os pecados eram expiados e o carma, queimado. Os que tinham sorte morriam; os que não, eram devolvidos à vida, quase sempre em condições lamentáveis, com sequelas comprometedoras. Ele temia uma avaria ainda maior que seu pé ausente, algo ainda mais triste. Tinha medo de sair daquela unidade ainda mais mutilado do que entrara, ainda mais feio e carcomido.

O médico explicou-lhe, afinal, por que tinha ido parar na UTI. A noite que passara na varanda fizera-o contrair uma pneumonia grave, e, em função disso, tivera a febre alta e a falta de ar que quase o matou. Tudo isso agravado pelos cigarros, que praticamente destruíram seus pulmões. As filhas encontraram-no agonizante. Sempre as meninas a espantar para longe a morte que lhe faria tão bem. Aquelas duas incorrigíveis. Enfim, não morrera, e fora parar naquele reformatório de corpos, onde pedaços eram juntados às pressas, colados, costurados, torneados. Após um sofrimento atroz, ali estava ele outra vez, a conferir a lastimável realidade em que se encontrava. Um ser destituído de futuro, sem expectativas, pois, sem finalidades ou objetivos, a enxergar apenas na morte o justo fim a que tem direito. Um homem velho obcecado pela ideia de morrer. Uma ideia fixa que não o abandonava em momento algum. Um homem transtornado pelo descaso da morte, do destino, em conceder-lhe o descanso merecido e final.

Não enxergava lógica naquele serviço, a não ser para os jovens que estavam ali por acaso. Os velhos não necessitavam de toda aquela tecnologia. Um buraco fundo, um caixão de madeira, bem simples, seriam suficientes. Algumas flores e uns parentes chorosos viriam bem a calhar. Estava pronto o cenário. Para quê mais? Para quê tanta despesa com velhinhos em fim de estrada? Para que vivam uns míseros minutos ou dias a mais, sem qualquer prazer? Sem nenhuma qualidade de vida? Ou pior: para que expiem sem piedade por um tempo inútil que parece não ter fim? Não, ele estava certo de que não valia a pena. Qualquer um que estivesse olhando as coisas do seu ponto de vista diria o mesmo. E todo aquele pessoal, por mais bem-intencionado, se pudesse vestir, por um segundo, o seu uniforme de velho senil e sem horizontes, concordaria com ele. Se pudesse entrar em seu corpo restrito, e em sua mente, e fosse familiarizado com seus quase noventa anos de história e aventuras, entenderia do que estava falando e concordaria, solenemente, com ele. Seriam capazes, todos eles, por solidariedade e comiseração, de ajudá-lo a morrer. Nada no mundo, nas filosofias, nas leis, no coração humano, podia ditar a alguém um destino tão cruel. Postergar, dolorosamente, a morte natural era o mais hediondo dos crimes. Havia dignidade na morte, mais do que na vida desqualificada e absolutamente inútil. Onde não havia dignidade era no tempo esticado prepotentemente. Com certeza haveria no fim da vida de todo homem ou mulher uma súmula apaziguadora. A sensação resolutiva de que nada mais havia a ser feito. Ultrapassar este momento íntimo era banalizar a existência, transformá-la em competição espúria e sem sentido. Estava seguro de que a vida não podia ser considerada uma prova de resistência, um significado maior devia ser encontrado.

Alguns dias depois o velho recebeu alta da UTI, para surpresa de todos, até mesmo dos médicos, que não apostavam muitas fichas no seu caso. Aos oitenta e oito anos, próximo dos oitenta e nove, com tantas avarias, sair de alta após todas as complicações que apresentara podia ser considerado milagre, confidenciou-lhe uma enfermeira. O velho concordava: um milagre! Um indesejável milagre concebido pela equipe de demônios de branco. Um trabalho odioso executado por um pessoal treinado para enxergar na morte um inimigo a ser combatido em qualquer situação. Uma gente escrava de um paradigma obsoleto. Não importava para eles se a morte, em dado caso, fosse a resolução justa e esperada. De todas as formas possíveis ela tinha que ser afastada. Eles aprendiam isso e agiam no automático. A morte, a temível morte, precisava manter-se longe daquele terreno minado, daquelas pessoas fragilizadas. Nenhuma história pessoal seria relevante para aquela gente treinada. A dor, individual e múltipla por essência, era inacreditavelmente nivelada, homogeneizada. Todos os pacientes eram tratados do mesmo jeito, seguindo protocolos rígidos. Em momento algum eram vistos, percebidos, sentidos, de modo particular. As vivências de cada um, inestimáveis, não podiam ser levadas em conta, eram demasiadamente abstratas. Corria-se o risco de serem cometidas injustiças. Onde se pode reconhecer vida sem riscos? E sem eventuais injustiças? Em nome da seriedade e do compromisso, da boa técnica, descartava-se a melhor parte do ser humano: a subjetividade. A complexa e intricada rede de símbolos, emoções, sentimentos e múltiplos sentidos, de que se constitui a sagrada vida humana. Sem tal componente ímpar, os homens não seriam mais que um pacote de órgãos a funcionar segundo as leis da fisiologia. Sem a contraparte psicológica, a vida não faria qualquer sentido, ponderou consigo mesmo. Em que momento isso havia sido levado em conta? Será que alguém poderia responder quando foram consideradas as suas necessidades pessoais? Perguntaram-lhe se gostaria de passar por aquela torturante temporada em uma unidade de terapia intensiva? Se todo o padecimento e aquela enorme chaga que agora trazia na base das costas faziam sentido para alguém, certamente não era para ele. Em toda a cascata de desencontros recentes, ninguém prestara atenção ao desejo de um pobre velho inválido. Não tivera o direito de opinar sobre a própria vida. Não tinha, pois, controle sobre seu destino.

O HOMEM PERMANECIA MUDO. DEIXARA o hospital sem sequer um aceno de mão. Toda a equipe já sabia do seu jeito zangado. Riram. Adalberto devia voltar para casa, mas tinha a impressão de que isso queria dizer muito mais do que retornar a seu apartamento com vista para o mar. Era uma sensação vaga, mas muito mais ampla, espacial. Voltar para casa significava algo mais substancial, distante, primevo. Talvez significasse retornar ao verdadeiro lar. O lar onde todas as almas são irmãs. O sentido original e único de todas as vidas humanas. Sim, era para esse lar que o velho precisava ir.

As filhas revezavam-se com o pai. Ora passava uma temporada em casa de uma, ora em casa de outra. Foi um tempo de profanação, julgou o velho. Sentia-se cada vez mais impotente, cada vez mais dependente. Pelo menos, era assim que suas filhas queriam que fosse. Quanto mais quieto e satisfeito, melhor para elas. Sentiam-se menos angustiadas e menos culpadas se o velho concordasse e aceitasse tudo que propunham. Quanto mais dócil, melhor. Quanto mais fosse capaz de suportar, menos invadido e vilipendiado era. Ele não estava nem um pouco satisfeito em se ver na mão de duas mulheres caprichosas, mesmo que fossem suas filhas. Sentia-se um bibelô na mão de duas adolescentes que gostavam de empurrar-lhe papinha na boca. Era duro ser forçado, pela natureza das coisas e pelas pessoas em volta, a ser outra vez um bebê chorão, perto dos noventa anos de idade. Não podia se conformar com tal retrocesso no final da vida. Tudo lhe parecia irreal. Tinha a sensação de estar vivendo um pesadelo.

As meninas não davam atenção às constantes investidas do velho pai no sentido de voltar ao seu apartamento. O desejo de ficar só e ter o seu próprio espaço parecia não entrar em suas cabeças. Para elas, ele estava velho demais e não podia prescindir de assistência. Foi ficando melancólico e calado até o ponto em que já não pronunciava sequer um ai e tampouco aceitava qualquer alimento. Algum outro demônio de branco diagnosticou-lhe depressão e assustou as filhas. Precisavam descobrir em que ele ainda sentia prazer. O pacto de silêncio foi quebrado quando lhe perguntaram o que gostaria:

— Quero ir para casa — respondeu imediatamente.

A contragosto, as duas tiveram que admitir que seriam responsáveis pela morte do pai se não realizassem sua vontade. O velho parecia mais turrão à medida que se aproximava do fim.

Entrou triunfante no apartamento, sem que alguém notasse o seu ar de vitória. Foi bom rever a bela paisagem após tantas semanas afastado. A mesma rua, as mesmas personagens, o mesmo Sol a brilhar sobre as ondas. O aconchego da varanda. Não fosse pela profunda tristeza que tudo aquilo envolvia, ter-se-ia se sentido mais animado. Gostava de estar de volta a seu pequeno e privativo espaço, à sua rotina esquisita e sem nexo. Esquisita, sim, mas era sua rotina, e de mais ninguém. Algo que o diferenciava em meio a tantos protocolos fúteis. Adalberto era Adalberto e como tal deviam considerá-lo. Não queria ser mais um velho no mundo a ocupar espaço inutilmente, a ser tratado pelos jovens como uma peça brevemente descartável. Não queria ser compelido a seguir uma rotina alheia, a respeitar horários que não eram seus. Queria funcionar conforme o seu próprio fuso horário, as suas regras, ou conforme regra nenhuma. Queria voltar ao confortável caos que era sua vida particular, exclusiva. À desordem coerente onde colocava suas coisas, cada objeto de casa. Sentia-se bem no local que escolhera como seu, onde passara boa parte de sua existência. Não queria mudanças bruscas, inoportunas, não queria terminar seus dias em uma casa alheia. Suas filhas e seus netos não lhe eram totalmente familiares. Sua vida lhe pertencia.

Aos poucos foi recuperando as forças e a simples rotina de vida, de modo que, em pouco tempo, tudo estava igual ao que era antes de ele ser internado. Naturalmente, algumas semanas mais velho, algo mais decaído. Cansou de implorar a Deus pela partida para o além. Era mesmo melhor retomar sua vidinha ordinária, e delegar à providência o que quer que fosse. Pedir para morrer de nada adiantava. Nem suas filhas, nem os médicos, nem mesmo a morte, pareciam interessados em ajudar. Nessa empreitada o velho estava só. Era melhor esperar resignado pelo fim. O fim de uma novela que parecia interminável.

Voltou ao apartamento, aos cigarros, ao hábito de xeretar a vida alheia da varanda. As filhas estavam vigilantes e passavam diariamente para ver como iam as coisas. Deixavam compras, arrumavam tudo, davam-lhe um melado beijo na fronte e partiam. Não sentia, exatamente, desprazer em vê-las, mas odiava saber que estava sendo vigiado. Queria ser livre para viver e morrer, como eram livres as ondas do mar para ir e vir. Observava como nasciam na arrebentação e morriam na praia. Via como o Sol cobria-as com seus raios, pintando-as de dourado. Tanto elas, como o Sol, o vento, a chuva, o dia e a noite, eram livres para iniciar e terminar. Tinham princípio e fim. Só ele tinha que perdurar para sempre. Só ele não tinha praia nem horizonte. Seus movimentos, por mais simples, não podiam cessar, continuariam para sempre e sempre. A alegria havia muito se recolhera, mas a dor, a dor da existência era vibrante em seu peito. Sentia-se como o único fenômeno da natureza que não era destinado a encerrar-se. Aquele velho era eterno.

Naquele dia tomou café, fumou um cigarro, depois outro. Seguiu para a varanda e viu quando o namorado da moça do segundo andar estacionou o carro. Estava tranquilo, tudo indicava que ela nada soubera das flores. A praia estava cheia de gente e havia fila para comprar acarajé. A baiana, com sua enorme saia rodada, atendia a todos com um sorriso nos lábios, enquanto o ajudante servia os refrigerantes. A moça da floricultura recebia o caminhão que chegara carregado de rosas empacotadas. Todo cuidado era pouco com as flores. A moça certamente gostava daquele trabalho, percebia-se pelo seu jeito de arrumar os ramalhetes, sempre muito coloridos. O guarda estava na esquina, e respondia alguma coisa a um turista de pele pálida.

Ficou feliz em perceber que todo o universo divisado de sua varanda funcionava como antes. As personagens estavam todas lá, a postos, cumprindo seus papéis. Enfim, tudo parecia no lugar. O velho timoneiro da sacada retomava o rumo perdido de sua nau, singrando os mares derradeiros da existência, entretendo-se com histórias inventadas para os outros. A sua própria história desbotara. Estava cansado de repassá-la, mentalmente, milhares de vezes. Resgatava pequenas lembranças de momentos interessantes que se passaram havia muito, e havia muito foram esquecidos. Voltavam, de vez em quando, como se não quisessem morrer. Talvez tivessem significado algo mais, e o homem não lhes soubesse dar valor. Talvez sinalizassem o caminho para o último porto, talvez.

Verdade é que o internamento naquele hospital infernal deixara-o mais sereno. Duvidava da capacidade humana de empatia e indulgência. O que sofrera, não o merecia um criminoso, um estuprador de crianças. Vira a morte passar várias vezes diante do seu leito. Vira os demônios atentarem-lhe o juízo e picarem seu corpo com seus tridentes em brasa. Vira também a face sorridente de suas duas filhas, que ignoravam seu sofrimento. Condoera-se com os vizinhos de leito. Percebera quantas vezes ficara vaga a cama ao lado, e como eles saíam cobertos com um lençol branco. Tudo isso transformara-o, deixara-o mais descrente, é verdade, porém mais resignado. Depois de tudo aquilo, o inferno não seria surpresa. Não poderia haver nele nada de novo.

O homem observava o movimento dos surfistas que se lançavam ao mar. Aventureiros apaixonados como ele por aquelas ondas. Arrojados esportistas que traduziam a natureza em prazer. Gente com coragem para amar o oceano, como ele sempre fizera. De todas as sedutoras aventuras que envolvem o mar, surfar havia sido a única que não experimentara. Sonhava como poderia ser. Imaginava o gozo em deslizar sobre as ondas, correr com elas, desaparecer nelas. Via-se perdido em um turbilhão, rodopiando em meio àquele maravilhoso universo líquido. Sentia-se desmanchar nas águas salgadas do mar. Que bela maneira de morrer, pensou.

Aquela ideia foi se instalando aos poucos em sua cabeça, mas com a força e determinação de um velho turrão. Senil, paralisado, caquético, mas turrão. Cada vez que via os rapazes deslizarem sobre as ondas, sentia alguma coisa crescendo dentro de si. Mal os via aproximarem-se da praia com as pranchas embaixo do braço, já se excitava. Pediu a Marília que lhe providenciasse um binóculo, mas omitiu-lhe o propósito, que era o de acompanhar mais de perto as peripécias dos moços. A filha arranjou-o imediatamente, feliz por seu pai, enfim, manifestar algum desejo concreto. Aquela ideia de querer morar sozinho e morrer era coisa de velho deprimido. Desejar um binóculo para apreciar a paisagem pareceu-lhe muito mais saudável.

Sempre que possível ele acoplava o binóculo às grossas lentes de seus óculos e sonhava. Via os meninos, e via a si mesmo, surfando aquelas ondas magníficas, douradas. Ia, assim, alimentando a vontade de jogar-se ao mar de novo, dessa vez para surfar. Mas, como seria possível? Não era capaz sequer de andar.

O coração combalido foi se impregnando da ideia, que logo se tornou uma paixão e, enfim, uma obsessão. Uma ideia fixa que não lhe saía da cabeça. Queria sentir o mar outra vez, o cheiro, o gosto salgado. Queria molhar-se com a água, trotar sobre as ondas, afogar-se nelas. Sentia a alma impregnada de sal, a pele pinicar, os olhos arderem. O antigo e saudoso amor pelo mar voltou com toda a força, e trouxe com ele as melhores recordações. Renato voltou, convidando-o a enfrentar as ondas, a mergulhar. Ele estava decidido a tentar. Planejava como faria, condenado a uma cadeira de rodas, para retomar as antigas aventuras. Precisava encontrar um jeito.

Naquela noite não dormiu. Passou-a inteira a pensar em um modo de voltar ao mar. Aquilo talvez representasse o seu último plano, teria que ser bem arquitetado. Imaginou-se sobre as ondas, e essa cena, repetidamente, retornava à sua mente.

O dia seguinte custou a nascer, logo cedo ele estava na sacada, a observar todos os movimentos lá embaixo. As pessoas que passavam sonolentas pelo calçadão, os comerciantes que abriam seus negócios e, principalmente, os garotões bronzeados que se arriscavam ao mar.

Quem olhasse lá de baixo diria que aquele era mais um dos rotineiros dias na vida inacabável daquele ser. Não poderia imaginar que aquela manhã fosse diferente. Naquela manhã o velho esclerosado urdia um plano. O plano de retorno à vida.

Ele, apesar de tudo, ainda era capaz de um desejo febril. Uma vontade inesgotável de fazer algo que provaria, de uma vez por todas, que ainda não morrera de fato. Um feito heroico, insano, que mostraria ao mundo o poder de um velho antes dado como inválido. Subitamente, lembrou-se do trágico encontro com a prostituta. Não fora o bastante?

Não, não fora. Estava claro que não fora. Com aquela mulher o velho tentara convencer-se de que o macho dentro dele não morrera. Agora provaria que ele mesmo não morrera, e que era capaz de realizar alguma coisa, mesmo que louca, impensável, algo que fizesse sentido para ele. Mergulhar no mar naquela idade, e naquela condição, nada significaria para nenhum velho de quem ouvira falar, e isso tornava a experiência ainda mais particular e especial.

Um feito inusitado, ímpar, bizarro, que estava totalmente de acordo com sua natureza exploradora. Por outro lado, tudo era muito assustador. Estava fascinado pela ideia.

Mais de uma semana passou-se, antes de ter uma noção exata do que pretendia fazer. Todos os dias, desde cedo, examinava detidamente as possibilidades. Sua jovialidade parecera retornar apenas para engendrar o plano. Seria de manhãzinha, ou no final da tarde, quando a praia estivesse quase vazia. Coincidentemente, os horários de que mais gostava, quando a luz do Sol dourava as ondas. Exatamente os horários em um dos quais queria morrer. Vou me deitar sob o lençol de ouro, pensou.

Espreitou o movimento da rua e da praia por vários dias, antes de pôr em prática o seu plano. Naquela manhã levantou com um sorriso maroto. Mal dormira, tamanha a excitação. Acomodou-se na cadeira de rodas, chamou o elevador e desceu. Passou pelo porteiro e cumprimentou-o. O funcionário de nada desconfiou. Costumeiramente o via sair para comprar cigarros.

Ao chegar à entrada do prédio, viu alguns jovens surfistas aproximarem-se da escadaria que dava acesso à praia. Não teve pressa, tinha tudo muito bem planejado. Aquele era o golpe final de sua vida, teria que se processar de maneira perfeita. Atravessou na faixa de pedestres e acenou para o guarda, que se postava junto ao sinal. Até aí tudo bem. Passou em frente ao quiosque da floricultura e percebeu que ainda não havia chegado nenhum funcionário, era muito cedo. No local onde a baiana abria seu tabuleiro também não havia ninguém. Uma mancha escura sobre a calçada denunciava o exato local onde ela fritava seus quitutes. Os vendedores de coco, certamente, ainda dormiam. O velho redirecionou a cadeira e dirigiu-se à escadaria.

Parou em frente ao primeiro degrau e olhou o mar. Estava de um lindo azul, refletindo os raios do Sol da manhã. A cidade bocejava, e, com certeza, muito pouca gente testemunharia seu feito. Melhor assim, pensou. O que pretendia fazer era algo íntimo e muito particular. Ninguém precisava ficar sabendo, a não ser, é claro, aqueles que o ajudariam. Ele contava com isso.

Era só ficar ali parado algum tempo, pensou. Ninguém aguenta ver um velhinho imóvel, logo imagina que deseja alguma coisa e se dispõe a ajudar. Os jovens não entendem o ritmo dos velhos, e isso agora seria uma vantagem. Logo chegaram três rapazes que caminhavam em direção ao mar. Adalberto e sua cadeira obstruíam a passagem. Os rapazes tentaram contorná-lo, mas o velho manejou a cadeira e mais uma vez impediu o caminho. Os moços carregavam as pranchas, tentaram o outro lado, e ele, de novo, impediu-os de passar. Sorriram. Entenderam, simplesmente, que ele não sabia manobrá-la.

Adalberto também achou engraçado. Os jovens imaginam que os velhos não são capazes de comportamentos mesquinhos. Que não pensam em tirar proveito das situações. Consideram-nos velhos demais, sábios demais para isso. Velhice combina com gentileza, pensam eles. Não têm qualquer perspectiva ou ideia a respeito do mundo dos velhos. Está bem, não viveram o mundo dos velhos, como saberiam? Os velhos, sim, já foram jovens, conhecem todos os segredos e armadilhas da juventude. Eles, os jovens, com muita frequência estão enganados.

Aqueles garotos musculosos e queimados de Sol estavam enganados. O homem idoso, apesar da fraqueza, sabia muito bem acionar os controles. Era sua estratégia para chamar a atenção dos rapazes e iniciar um diálogo com eles.

Os moços ficaram sem jeito de falar ao velhinho que ele estava atrapalhando. Permaneceram uns instantes parados, segurando as pranchas, tentando encontrar uma saída para a situação. O homem postara-se inconvenientemente na parte superior da escada e parecia não querer deixá-los passar. O mar reluzia a alguns metros daquele ponto, e o ruído das ondas quebrando na areia estava a chamá-los. Chamava igualmente aquele ser empedernido, e ele estava bem consciente disso. Aquele som era um canto para seus ouvidos. O mar.

Adalberto admirava os corpos saudáveis, de músculos bem delineados. Aquele momento — os rapazes em pé e ele sentado — dava uma exata ideia dos diferentes estágios da vida. O velho, espelhando-se nos moços, lembrava-se de um passado distante, um tempo em que fora também um homem forte e musculoso, cheio de saúde. Que não se enganassem aqueles jovens, tudo na vida é passageiro. A própria vida o é. Há o tempo de músculos consistentes e o tempo das pelancas. Há o tempo de expansão e o tempo de contração. Sabia qual era o seu tempo e também o daqueles surfistas, mas estava disposto a confundir as coisas naquele final de vida.

Os rapazes viviam um impasse. Não queriam ser grosseiros com um pobre velho, mas também não estavam dispostos a abrir mão do direito de passar à praia. Aquele senhor aparentemente confuso, senil, obstruía a passagem e não lhes dava o direito de fazerem o que mais gostavam. Um deles tomou a iniciativa de resolver a situação. Apoiou o bico da prancha no solo e disse sorrindo:

— E aí, vovô, não está a fim de deixar a gente passar?

— Não — respondeu o velho secamente.

Os rapazes entreolharam-se sem graça. O velhinho era mesmo caduco. Onde será que vivia? Buscaram com o olhar alguém que fosse responsável por ele, mas não havia ninguém por perto. Um outro adiantou-se e segurou no apoio de mão da cadeira, estava disposto a girá-la, quando Adalberto deu um solavanco para trás, assustando-o.

— Olha, vovô, desculpa, mas a gente precisa passar, está bem?

— Não, vocês não vão passar — o velho respondeu com voz trêmula.

— Como não? — Os rapazes entreolharam-se de novo, dispostos a considerar tudo aquilo como caduquice. A situação era mesmo engraçada.

— Só se...

— Só se...?

— Só se me levarem junto — disse o velho, afinal, com a voz embargada.

Algumas lágrimas desceram pelo rosto repleto de rugas do velho. Não passaram despercebidas. Os surfistas pareciam não acreditar no que ouviam. O velho pedia-lhes para ir ao mar? Surfar? Não, não podia ser.

— Levar junto para onde? — perguntou um deles, incrédulo.

— Para o mar.

Momentaneamente esquecera-se dos controles da cadeira, e agora tinha o olhar perdido no horizonte. Os rapazes poderiam passar se quisessem, mas detiveram-se diante daquele estranho pedido. Um velhinho tão apaixonado pelo mar merecia ser ouvido. Tinham, os jovens e o velho, algo em comum.

— Escuta, vovô, por que o senhor quer tanto ir ao mar? — perguntou um deles, passando-lhe a mão na cabeça.

— O mar é vida, não é? — indagou com os olhos marejados.
— É, sem dúvida.
— Então, eu quero ir lá...
Com dificuldade, levantou o braço e apontou para o oceano. As ondas quebravam com elegância. O reflexo dourado era plenamente visível.
— Tem noção dos riscos? Quer dizer... na sua idade...
— Aos oitenta e oito anos? Está brincando, já passei por todos os riscos.
— Nas suas condições de saúde, como vai bater os braços, as pernas? Não, vovô, infelizmente, não dá, a gente não pode assumir esta responsabilidade.
— Quem é o responsável pelo senhor? — perguntou um outro rapaz, que até então estivera calado.
— Eu mesmo.
— Não há ninguém mais?
O velho balançou a cabeça negativamente. Não havia mais ninguém. Aquele momento estava reservado para ele e o mar. Havia um pacto entre os dois.
Os surfistas não podiam acreditar. Estavam detidos ali por um velho senil, completamente louco, que queria surfar com eles. Em outras palavras, queria suicidar-se com a ajuda deles. Seria amor pelo mar e vontade legítima de experimentar as ondas, ou o velho estava desesperado e queria mesmo morrer? A primeira alternativa eles podiam compreender.
— Isso é loucura! — exclamou o garoto mais alto.
— Vamos embora, estamos perdendo tempo aqui, essa conversa não vai dar em lugar nenhum — disse outro.
— Esperem! — Adalberto esforçou-se para falar mais alto. — Não são capazes de realizar o último desejo de um velho prestes a morrer?

Os rapazes olharam-se compadecidos. A vontade daquele homem parecia mesmo verdadeira. O que poderiam fazer? E se o velho morresse afogado? Como iriam explicar a aventura? Certamente seriam processados pela família. O homem dissera que não tinha ninguém. Não, era loucura demais, mesmo para eles.

— Desculpa mesmo, vovô, mas a gente não pode atender ao seu pedido.

— É muito perigoso!

— É, a gente não pode assumir esse risco.

— Já disse que o risco é meu! — exclamou o velho, impacientando-se.

— A gente sabe disso, mas se toparmos, vamos estar todos envolvidos.

— Sua saúde parece muito frágil, vovô, volta pra casa, por favor.

— É o que estou tentando fazer há muito tempo — completou, com o olhar perdido no mar.

As lágrimas desceram sem constrangimento. O coração daquele homem estava em algum lugar daquele oceano infinito. Alguns minutos naquela conversa de fim de vida e os rapazes estavam divididos. Mais três chegaram, inteiraram-se do que estava acontecendo e opinaram. Três a três. Não havia como tomar uma decisão conjunta com o empate. Alguém mudaria de ideia ou nada feito.

A discussão continuava entre eles, calorosamente, e cada um expunha os seus motivos. A conversa descambou para o relato de experiências pessoais, histórias de avós, saudades. Os moços estavam agora passionalmente envolvidos. O suplicante, entretanto, desligou-se do burburinho como se nada tivesse a ver com ele. Em verdade, seu pensamento estava sobre as ondas, surfando, mergulhando, navegando. Um turbilhão de lembranças, subitamente, o invadiu e provocou mais algumas lágrimas. Os garotos calaram-se e contemplaram o velho com o olhar perdido. O tempo teve um efeito devastador sobre aquele homem, pensaram. O corpo recurvado tombava sobre os braços da cadeira de rodas. A cadeira que representava um atestado de incapacidade e, ao mesmo tempo, sua única esperança de movimento, seu resto de independência. O tapete mágico de aço que o conduzia até onde era possível, os limites próximos de seus sonhos absurdos. Como poderia convencê-los de que era capaz de pegar onda, atarraxado a uma cadeira daquelas?

Ele não queria convencer ninguém de nada, queria apenas voltar ao mar, experimentá-lo outra vez, mais uma vez. Estava decidido a fazer isso com ou sem a ajuda daqueles jovens. Entendia, entretanto, que sem eles seria muito mais difícil. Esperava impaciente pela decisão.

Mais um rapaz surgiu paramentado para surfar. Aproximou-se quando viu aquele aglomerado de colegas. Seria o voto de Minerva. Ouviu o relato atentamente, encarou o velho, pensou por uns instantes e desempatou. Adalberto estava com sorte: a turma decidiu correr o risco.

— Muito bem! Vamos dar uma volta com você, mas só isso, está bem? — anunciou o novo líder.

Concordou com a cabeça. Que mais poderia desejar? Dois deles carregaram o velho magro, e um terceiro apanhou a cadeira. Caminharam em direção à areia e posicionaram-se no local de costume. Outros já estavam entre as ondas e estranharam todo aquele movimento. Os meninos conversaram um pouco, explicaram-lhe como devia fazer para manter-se sobre a prancha. O mar estava calmo; as ondas, não muito altas. Ficariam todos juntos e o vigiariam. Qualquer problema, haveria sempre alguém por perto. Deixaram claro que o objetivo não era ensinar o velho a surfar, isso seria impossível, mas matar seu desejo de voltar ao mar. Com isso, estavam sendo solidários. O mar era, também para eles, uma referência. Concluíram que não podiam negar àquele velhinho indefeso um último pedido, aquela talvez fosse a derradeira aventura de sua longa vida. O último contato com a fonte de vida que é o mar. Ele bem que precisava disso, e seria levado para casa assim que terminassem.

Adalberto estava exultante. O desejo louco de entrar no mar estava muito próximo de realizar-se, com a ajuda daqueles moços. Sentiria de novo as águas benditas tocando sua pele, mergulharia nelas com a desenvoltura de um velho peixe conhecedor das manhas do mar. O velho marujo voltava ao lar, pois não sabia mesmo viver sem aquelas ondas, sem as brumas, sem a maresia. O mar era mais que uma filosofia de vida, era um vício. Os melhores momentos de sua vida ele passara no mar. Algumas cenas retornavam à sua mente, os mergulhos, as pescarias, as viagens em *Penélope*, o rosto de Renato. Poderia ter tudo aquilo de novo?

Vestira um calção por baixo da calça, estava determinado a não embarcar inutilmente naquela aventura de começo de dia. O Sol despontava, aquecendo os moradores da cidade luminosa. Seus raios espalhavam luz por todos os quadrantes. Considerou que aquele seria um belo momento para morrer. Um dia resplandecente. Morrer junto ao mar. Morrer no mar. Mereceria tal honra? Quantas vezes a morte negara-lhe fogo? O velho passara do júbilo à tristeza profunda em um piscar de olhos. Estaria a morte reservando-lhe uma surpresa? Que próximo passo seria significativo em sua vida senão a morte? Que razão ela teria para evitá-lo?

Sentia a água do mar molhar sua pele. Arrepiou-se de contentamento. Era inacreditável o que estava vivendo. Os rapazes puseram-no deitado de bruços em uma prancha, e lhe ensinaram como se segurar. As pernas flácidas insistiam em cair para os lados e eles, delicadamente, as prenderam com uma cinta elástica. Com esforço e muita motivação, levantava a cabeça retesando o pescoço, e podia ver o horizonte, alguns barcos ancorados, as ondas virem velozes em sua direção. Dava uma trégua em sua batalha contra a morte. Agora sentia-se vivo como no passado. Como havia muito não experimentava.

Os garotos, carinhosamente, empurraram-no mar adentro, vencendo o sacolejar das ondas. Ele desequilibrava-se, tinha medo de cair, de virar com a prancha. Nada disso, porém, importava muito, pois estava realizando um sonho, um forte desejo. Molhar-se de novo no mar era como ser rebatizado, era como ser abençoado outra vez. O mar sempre lhe dera vida e coragem, e agora, em seus derradeiros momentos, fazia isso de novo. Agradecia aos céus pela maravilhosa sensação de liberdade, aquela imensa e inexplicável sensação de libertação. Abandonava o sepulcro e mergulhava de volta na existência. Era um aventureiro destemido a brigar pelo restinho de tempo que ainda tinha, e percebia que, mesmo no último minuto, ainda podia sentir o gosto da vida. Mesmo esquecido na mais absoluta velhice, ainda era possível degustar a juventude. Quem havia tido um dia, jamais deixaria de lembrar-se.

Adalberto vencia as ondas corajosamente. Agarrado à prancha, via quando passavam por ele e ameaçavam-no. Sacudiam, perigosamente, seu coração e seguiam incólumes. O velho tinha o corpo completamente molhado e alguns fios de cabelo grudavam-se na testa. Os óculos também estavam molhados, mas firmes no rosto, pois fizera questão de levá-los, ou não poderia apreciar a paisagem. Não queria perder nenhum detalhe, tudo aquilo era novo, e ele estava eufórico. Os jovens que o rodeavam, sorriam.

O Sol, o mar, os surfistas, todos estavam de acordo com a louca aventura. O homem sentia-se pleno. A vida não era tão ruim, afinal. Naquele momento, de nada podia se queixar. Quantos velhos que conhecia pegavam onda? Nenhum de que se lembrasse. Seus amigos estavam todos mortos. Mortos de fato, com direito a lápide sobre o túmulo. O pior era que haviam morrido ainda em vida. Entregaram-se antes de o corpo falhar. Já estavam psicologicamente mortos quando o coração parou. Isso acontece com a grande maioria dos idosos, pensou. Morrem antes do tempo. Simplesmente deixam de mexer-se, de bulir-se, de excitar-se com a vida. A vista vai ficando curta, a memória e as ideias também, então são possuídos pela equivocada sensação de que já experimentaram de tudo, e de que nada mais há. Que tolice!

Envelhecer era descobrir alegrias em coisas simples, e manter a capacidade de admirar-se com o óbvio, de perceber fenômenos onde antes se via rotina. Havia espaço para maravilhar-se. Quando a vida ameaça bater em retirada é que se é capaz de reconhecer o milagre que ela representa. Vivia um momento de iluminação. Aquela experiência já começara inesquecível.

Enfim, encontrou forças para alguns movimentos com as mãos. Arriscava-se a dar braçadas suaves, querendo participar mais e mais da brincadeira. Estava presente em cada suspiro, em cada inspiração contraída de frio, em cada balanço das ondas. Ele e a prancha eram um só organismo, uma só realidade. Aquele momento não podia ser fragmentado, duvidado ou esquecido. Aquele momento despertava-o para a vida. Podia ser o último, não importava. Adalberto constatava que ainda era capaz de sentir, de sentir como sentem os vivos. De sentir como já sentira no passado.

Pediu que o levassem mais para o fundo. Os rapazes ficaram receosos. Em verdade, buscavam aprovação no olhar uns dos outros. Ninguém estava disposto a assumir o risco sozinho. Mas o velho estava tão radiante que não tiveram coragem de contrariá-lo. Bateram os braços e o rebocaram para mais longe, enquanto ele se regozijava com a façanha. E se Marília soubesse? Ora! Ele não queria ser interrompido por tais preocupações. Fosse o que fosse, seria resolvido depois. Não deixaria sua aventura ser manchada por questiúnculas. Ninguém tinha nada a ver com sua vida, nem os médicos, nem as filhas. Era maior de idade e dono do próprio nariz. Além do mais, ninguém precisava ficar sabendo. De repente, lembrou-se do porteiro — aquele fofoqueiro contava tudo para as meninas. Precisava resolver esse pequeno problema.

A cena parecia tirada de uma comédia. Vários jovens com cabelos e corpos queimados de Sol escoltavam um velho paralítico deitado em uma prancha de surfe para o alto-mar. Um velho paralítico e frágil, mas não um desertor. Um velho que ainda lutava pelo direito de ter um resto de vida digno. Um fim de vida com emoção. Algo que, enfim, resgatava das profundezas nele alguma vontade de viver.

Inúmeras lembranças prazerosas inundavam sua memória. Aquelas exaustivas braçadas conduziam-no a um encontro com o mar e com o passado. A um encontro com verdades atenuadas e questionadas pelo tempo. Verdades como Renato, seu filho amado, a grande paixão de sua vida, que o mar resolvera esconder de seus olhos. O mar tirara dele o seu filho querido. Esta havia sido a única maldade que o mar lhe fizera. Escondera para sempre a alma de Renato, e o corpo, devolvera-o em decomposição. Uma lágrima escorreu pelo rosto daquele velho louco, mas passava por água do mar. Ninguém notaria. Uma lembrança dolorosa em meio a muitas outras de qualidade diversa. Embora vivesse em triste ocaso, nada lhe roubaria a recordação de muitos amanheceres. Apesar das lágrimas, ainda sentia-se em débito com o mar.

Aqueles rapazes de nada sabiam. Não conheciam suas intenções de ter um encontro com o passado, talvez também com a morte. Ela era o seu futuro mais imediato. Tinha um encontro marcado com ambos, passado e futuro. Percebia assim que as linhas do horizonte de sua vida se tocavam, fechavam um círculo. Passado e futuro agora estavam diante dele, na mesma dimensão. Podia vê-los fundindo-se sobre as ondas.

Com as lentes molhadas, não conseguia separar o azul do mar, do azul do céu. O alto e o baixo eram uma só paisagem, diferentemente de sua vidinha no apartamento, onde era possível distingui-la da vida das pessoas que passavam lá embaixo. Ali era ele, o mar, o céu, e as lembranças.

As ondas ficaram mais fortes, sacudiam a prancha e revigoravam o corpo pálido do velho. Ele saboreava o balanço, recordando-se das muitas noites navegadas em *Penélope*. Renato haveria de ajudá-lo caso se desequilibrasse. Mas de que gostaria Renato? De vê-lo continuar a apodrecer naquele mundo, ou carregá-lo para o fundo do oceano, onde poderiam compartilhar outra vez aventuras inesquecíveis?

Presumia a resposta. Estava em seu direito lembrar, sonhar, e enlouquecer. Desejava que o levassem para o fundo do mar. Lá, onde as águas profundas haveriam de encobri-lo e impedir que voltasse. O mar azul sepultaria seu corpo inútil. Para onde queria ir, não precisava daquele corpo. Ganharia um outro novo, alado, perfeito. Um corpo que não envelhecesse, não adoecesse, imortal. Um corpo que seria eterna fonte de prazer, invulnerável à dor e à velhice.

Por outro lado, a felicidade e o prazer também precisavam ser eternos, ou de nada adiantaria que o corpo o fosse. Mas se a felicidade fosse eterna, como poderia ser reconhecida, se o que a tornava especial era exatamente a sua falta? Não sabia responder. Devo estar delirando, pensou. Aquelas eram questões de fim de vida, do tipo que bate exatamente no derradeiro minuto. Preocupações que tendem a acompanhar o morto até o outro lado. Aquele homem conhecera bem o lado de cá, mas ignorava tudo sobre o lado de lá. Galopar aquelas ondas já era bom demais.

Sentiu quando uma onda mais forte balançou a prancha, o que fez seu corpo deslizar. Subitamente, o velho mergulhou no mar azul. Seguiu-se uma indescritível sensação de permissão. Era como se o encontro marcado com Deus, um Deus que ele já não tinha certeza de existir, culminasse com um dadivoso mergulho em sua criação. Sentiu pertencer ao mundo outra vez. Aquele mergulho era mais que simples prazer, era um autêntico orgasmo cósmico. Algo que só o próprio Deus e, talvez, alguns de seus eleitos pudessem experimentar. Sentiu-se abençoado, privilegiado. Se aquela sensação era o gosto da morte, ele gostaria de morrer mais vezes, e lentamente, sem pressa.

Recordou toda a sua vida durante o rápido momento sob as águas. Renato pareceu vir ao seu alcance. Iracema também. De repente, todos queriam ajudá-lo. Justo agora, quando se sentia tão bem, tão livre. O sofrimento é uma prisão que nós mesmos construímos, teve tempo de pensar. Qualquer ajuda é impossível enquanto nos mantemos presos. Quando nos libertamos da prisão, toda ajuda torna-se visível. Em verdade, ela sempre esteve ali. É como um raio de Sol que bate em uma janela fechada, não podendo ser visto pelo lado de dentro. Adalberto reconhecia paisagens nunca vistas, lugares jamais visitados, amigos nunca encontrados. Em uma fração de tempo, um tempo incontável, vivia destinos inusitados, vidas paralelas nunca percebidas. Aquele parecia ser um mergulho em uma história coletiva e não apenas sua. Uma história que podia compartilhar com todos. Uma história diferente de sua recente história. Uma história com evidente final feliz.

Percebia a fusão de tempo e espaço. O que era conhecido misturava-se ao desconhecido, em um vórtice de cores e sons. Tomava conta de seu corpo uma estranha leveza, ele parecia flutuar sobre planetas e sóis. Estava imerso na alegria e, ao mesmo tempo, na tristeza de Deus. Desapareceram o passado e o futuro. A morte, a vida, tudo perdera o sentido. Valia apenas o agora. Lembrava-se de ter caído no mar, e continuava a cair. Tudo perpetuava-se infinitamente. Nada tinha fim ou começo, tudo era, para sempre. Desvaneciam as imagens pessoais. Símbolos, muitos símbolos, incompreensíveis, surgiam diante de seus olhos que enxergavam, simultaneamente, em todas as direções. Toda dor e toda culpa foram comprimidas, restava apenas um minúsculo ponto negro na tela azul. De repente, nada mais existia.

Antes que pudesse perceber a sensação de asfixia, mãos fortes agarraram-no, trazendo-o à superfície. O velho perdera os óculos e podia apenas vislumbrar o vulto dos rapazes, nervosos, a colocá-lo com dificuldade sobre a prancha. Eles haviam interrompido aquela sua idílica viagem às profundezas — sabe-se lá do quê —, mas ainda assim o velho estava agradecido. Os jovens surfistas pareciam apavorados com a possibilidade de ele ter se afogado. Ele, no entanto, resolveu acalmá-los, dizendo que, lamentavelmente, não tivera tempo. Ouviu-se um riso murcho de descompressão.

O líder do grupo ordenou que o levassem de volta à praia. Tinha havido aventura demais para um único dia. Após secar um pouco ao Sol, o velho seria levado à sua casa. Adalberto não contestou nem pediu mais, estava satisfeito, sentia-se revitalizado. Aquela havia sido a surpresa no final da festa. A louca aventura que marcaria o seu fim de vida.

Havia muito tempo o homem não se sentia tão vivo. Um breve momento no mar, acompanhado da juventude daqueles rapazes, o fizera revigorar-se. Consideradas as naturais limitações, estava como novo, calibrado. O passeio sobre as ondas e o inesperado mergulho levaram-no ao delírio. O derradeiro gozo de um ser exausto que caminha celeremente para o sepulcro. Ele não queria esse caminho, preferia ser cremado. Esperava que suas filhas o espalhassem sobre as ondas no momento mágico. Não queria compromisso com a terra, não queria apodrecer sob ela. Queria virar cinza rapidamente, e ser misturado à água, ao sal. Considerava-se um ser aquático, um ente dos oceanos, como os peixes, os tubarões, os golfinhos. Seres que muitas vezes acompanhavam *Penélope* em suas jornadas pelos mares da Bahia.

Ele agora confirmava que ainda é possível um último momento de glória mesmo quando se está para morrer. No momento certo, com as pessoas certas, contando com um pouco de sorte, o milagre acontece, mostrando que a morte não é mais que a outra face da vida. Gostamos de olhar apenas um dos lados, tentando esquecer que existe o outro. Não queremos vê-lo, não queremos saber dele, mas ele lá está. Sempre há a possibilidade de conhecer a morte pela vida ou a vida no momento de morrer. São fenômenos parelhos.

Morrer é viver o revés de uma história. Não é apenas o ponto final de uma história de amor ou de dor, é um lapso de tempo inquestionavelmente necessário. É a pausa importante para a alma, que segue com sua jornada. Morrer é tão vital quanto viver. A morte não encerrava segredos assim tão assustadores, ele agora tinha certeza.

Ainda vibrava com o mergulho em água salgada. Morrer era um mergulho como aquele, talvez um pouco mais demorado. À semelhança das mãos dos surfistas, no mergulho da morte seria possível sentir as mãos de Deus chamando-o à consciência. Em vez de despertar sem os óculos e com a visão embaçada, ver-se-iam os portões do paraíso. O paraíso com o qual sonhava e que sentia, às vezes, tão próximo.

Não estava convencido de que Deus pessoalmente recepcionasse os recém-chegados, mas tampouco fechara a questão sobre o assunto. Se Deus realmente existia, como muitos estavam dispostos a crer, certamente não morava no mundo. Caso passasse por aqui de vez em quando, apenas para conferir os resultados de sua criação, hospedava-se nas ondas, no mar. O mar trazia a paz necessária, a mesma que devia existir no paraíso. O mar era o único reduto no mundo que não poderia ser chamado de inferno. Um lugar privilegiado, protegido do zumbido agourento da terra firme.

Ele sabia que o homem havia surgido no mar. Ou, pelo menos, a primeira semente de homem. Melhor teria sido se tivesse permanecido lá, certamente seria mais feliz. Mas o homem migrou para a terra firme e então começou a sua desgraça. Na terra firme construiu sua morada para a vida e para a morte. Ele queria fazer diferente: queria morrer onde se sentira melhor em viver, era uma questão de coerência. Estava determinado a fazer do mar sua sepultura, a usufruir a liberdade dele.

A experiência no mar resgatara-lhe a dignidade e a autoestima. Notou que viver e morrer não eram coisas tão distantes. Quanto mais se aproximava da morte, mais se sentia vivo. As experiências mais inusitadas traziam-no de volta à realidade da existência. A existência apaixonada, extrema e irresponsável, à qual sempre se dedicara. Nada menos que isso podia fazer sentido para ele. A vida precisava ser bela, febril e palpitante. Sempre vivera como uma criança em um parque de diversões, explorando as mais radicais emoções. Eram a aventura e o risco que o fascinavam. Por esta razão, o tédio da velhice matava-o cruel e lentamente. Os movimentos demasiadamente lentos e inseguros destruíam-lhe o orgulho e a vaidade, alquebravam seu espírito. Albergava uma alma andarilha, aprisionada em um corpo enfermo e rígido. Por mais que buscasse aventuras de final de tempos, sofria com a inviabilidade de seu corpo, com o descompasso entre sua alma nômade e seu corpo debilitado. Sofria entre o desejo e a impotência, entre a disposição de espírito e a morte vagarosa do corpo. Era um ser espremido entre a vontade de viver e a necessidade de morrer, entre o ficar e o partir. Mortificava-se, indeciso, entre o apego e o despojamento.

Compreendia que bem aproveitara seu tempo. Que era hora de seguir o curso da vida e abandonar o planeta, dar lugar a outro ser. Vivera como ninguém o tempo de expansão, e agora era chegada a hora de contrair-se até desaparecer. Devia murchar como a flor que vence o seu tempo, como a fruta que não é colhida. Era chegada a hora de recolher-se do mundo, de exilar-se dentro de si mesmo. Passara o tempo de compartilhar, agora era o momento de retirar-se respeitosamente, em silêncio. A morte, supostamente, deveria arrebatá-lo. Por que não o fazia? O velho não sabia. Não entendia por que o rejeitava. O que havia de errado com ele? Oitenta e oito anos! Não era o bastante?

    Sim, era o bastante. Para quem se arrastava sobre o mundo, com pernas flácidas e inúteis, era o bastante. Para quem mal conseguia respirar quando batia uma brisa mais forte, era o suficiente, sem dúvida. Para quem não podia satisfazer sequer uma prostituta, não havia remédio. O velho era um caco, um perigoso caco no caminho dos que andavam com as próprias pernas. Daqueles que se arrojavam e se expunham aos perigos do mundo. Sentia-se inútil, inválido, contraproducente. Nada pior que se sentir um reles objeto de decoração, e de mau gosto. Queria mais, muito mais.

    A vida faria sentido apenas se ele pudesse participar. Não tinha a intenção de ser mero espectador de sua própria agonia. Não queria ficar na arquibancada, a assistir ao despedaçar de seu corpo e de sua dignidade. Precisava partir. Do outro lado não poderia ser pior.

    Por sua cabeça muitas vezes circulavam ideias estranhas. Ideias que o faziam corar e das quais não ousava falar. Pensamentos obsessivos que o envergonhavam, mas que aquele triste e lento entardecer patrocinava. Apesar da memória estragada para os fatos mais recentes, sua mente ainda estava em melhores condições que o corpo, o que, é verdade, podia não significar grande coisa. A cabeça de um velho solitário pode gerar muitas ideias extravagantes. Há tempo bastante para pensar bobagem.

A velhice era um buraco imenso cheio de solidão. Para ele, a solidão era ainda mais intensa e dolorosa. Todos os amigos haviam desertado, só ele restara. Seu filho amado também se fora, ficaram aquelas duas enxeridas a meter-se em sua vida, a tentar controlá-lo todo o tempo. As duas sabichonas tinham certeza de que entendiam da vida dele e que sabiam do que ele precisava. Ora, como estavam enganadas! Ninguém conhecia sua vida nem tinha ideia de suas necessidades.

Agora restava um ancião ilhado em si mesmo, encurralado por um destino desprezível, condenado a vagar pelo mundo em uma cadeira de rodas a motor. Não havia ninguém que pudesse ajudá-lo. Nem mesmo as duas filhas tão atenciosas — muito menos elas. Estava só, decididamente só. Era um lobo solitário a uivar nas noites mornas da Bahia. Literalmente só, já que na Bahia não existiam lobos. Era o único. Um velho lobo do mar, talvez.

Este título lhe soava melhor. Do mar aceitaria qualquer coisa, seria uma honra. Lobo do mar. Um velho lobo solitário a uivar à noite nas praias desertas, a caminhar errante sobre a areia e os rochedos. A deixar pegadas pelas praias e pelos caminhos do mar. Sentinela a guardar a paz dos oceanos. Os olhos do lobo seriam como faróis a iluminar os caminhos e afastar as embarcações dos perigos dos arrecifes. O instinto do lobo seria a salvação dos mares, e sua sagacidade seria em defesa da vida marinha, a espetacular e riquíssima vida marinha. Esta ele conhecia bem. Quando morresse de verdade, conseguiria um emprego como guardião do mar. Do lado de lá devia haver algo assim.

Quando morresse de verdade! Quando seria isso? Não havia resposta para essa pergunta. Não tinha a menor ideia. Entendia apenas que pela lógica das coisas, deveria ser um dia. Um dia. Um dia, talvez, ainda distante. Um dia em que estivesse distraído, menos desejoso. Qualquer dia em que não pedisse a Deus por isso. Nem sabia se Deus existia, mas, por via das dúvidas, pedia. Jamais fora atendido. A morte não vinha, desesperava-se. Tentara em vão todas as maneiras de aguardá-la tranquilamente. Inutilmente postava-se na sacada a mirar o horizonte, a imaginação concebendo qualquer forma de morte. Qualquer que fosse, ele aceitaria feliz, mesmo se doesse. Não tinha mais condições de barganhar com a morte, estava exausto.

De sua varanda esperava que ela surgisse no horizonte. Talvez viesse velejando. Um barquinho com velas negras, cortando as ondas, enfrentando os ventos desde o outro mundo. Tinha a impressão de que viria mansamente, velas içadas, ziguezagueando em direção à costa, até aportar na praia em frente ao seu edifício. Sob o comando de Dona Morte, prepostos viriam buscá-lo. Deixar-se-ia levar sem resistência.

Outras vezes imaginava uma grande caravela de piratas. Malfeitores que o saqueariam e o matariam, abandonando-o na praia. As ondas lavariam as manchas de sangue do seu corpo. Os bandidos fugiriam com tudo que pudessem roubar de seu apartamento. Suas filhas gritariam, desesperadas e impotentes.

Muitas vezes, também, imaginava que seria Renato a vir buscá-lo. Navegando em *Penélope*, ele chegaria elegante e com aquele lindo sorriso estampado no rosto. O garoto conhecia tudo do mundo dos mortos, ele mesmo viria guiá-lo. A morte não poderia ser mais agradável.

Às vezes desanimava, Renato certamente tinha mais o que fazer. O mundo dos mortos era cheio de deveres e tarefas. Não era o descanso eterno e inútil que todos pensavam. Morrer significava, também, assumir compromissos. Mas que tipo de compromisso?

O homem não tirava os olhos do horizonte. Tinha o corpo ainda salgado do mergulho no mar. Os rapazes desapareceram. Deixaram-no sentado em sua cadeira de rodas, no saguão do prédio. Pediu ao porteiro, aquele fuxiqueiro, que não comentasse nada com as filhas, mas, se comentasse, nenhuma importância teria. Elas iam ralhar com ele, e só. O velho seguiria seu destino tosco como lhe convinha. Tornando-o, na medida do possível, suportável. Engendrando aventuras loucas sentia-se mais vivo. As emoções fortes da existência sempre o atraíram. Agora farejava as últimas possibilidades. Já que a morte não o levava, ao menos assim a vida se tornava mais leve.

DOIS DIAS SE PASSARAM e o velho sequer tomou banho. Ainda sentia em seu corpo o cheiro do mar, a delícia das ondas. Passava a língua sobre a pele e provava o gosto salgado, ou, pelo menos, imaginava-o. Queria morrer com o mar impregnado em seu corpo, mas certamente não o permitiriam. As duas chatas iriam obrigá-lo a lavar-se, a retirar de sua pele as lembranças da água salgada. Ele não o queria longe dele, queria morrer no mar e com o mar.

Lamentava aquela aventura sobre as ondas não ter sido o desfecho final. Via-se morto sobre a prancha, sorrindo. Via os garotos perdendo-o, definitivamente, para as ondas. Via seus rostos cobertos de desespero e culpa. Do outro lado do véu, ele ria. Ria da incompreensão deles. Tudo no mundo deve acabar, caros jovens. Embora nem sequer desconfiem, vocês também. Nada pode durar para sempre. Por melhor que seja o jogo, ele tem que acabar. Depois de tudo vêm as lembranças, temos que nos contentar com elas.

A lembrança é tudo que resta a um velho desgraçado que passou da contundente hora de morrer. Apodrecendo sobre o planeta, resistindo a entregar-se em definitivo a ele, tem na memória, quando esta funciona, o único consolo. A única e exclusiva prova de que existe a chance de a vida ter valido a pena. Pobre de quem foi covarde e sente as lembranças como fogo ardente a cozinhar as carnes. Um fogo que não se apaga e do qual não se esquece, como espectros a assombrar os sonhos à noite. Como uma maldição a acompanhá-lo ao túmulo. Um homem merece a morte que viveu. Em outras palavras, a morte que preparou ainda em vida. O velho estava desolado.

O horizonte reservava-lhe surpresas, bem o sabia. Em sua vida sem nexo, esperar era o tormento ao qual se acostumara. Resistia, sofria, mas acostumara-se. Ainda não havia descartado todas as possibilidades, devia haver algum jeito. Sabia, entretanto, que um dia ela teria que aceitá-lo de qualquer maneira. Não tinha notícia de alguém que jamais morrera. Todos tinham um fim; merecido ou não, mas tinham. Ele ainda não tivera o seu, mas o danado não poderia estar muito longe. Ou poderia? E se vivesse até os cem anos? Não compreendia aquela infelicidade. Toda história tem começo, meio e fim. Por que a dele não chegava à última parte?

As manhãs, tardes e noites sucediam-se e o velho não encontrava respostas. Via, boquiaberto e com baba escorrendo, aquela sucessão de dias lenta e inútil, totalmente sem sentido. Sem qualquer perspectiva à vista, uma noite após o dia, ou o contrário, era exatamente o mesmo. Via, mecanicamente, os dias e noites passarem vagarosos em frente à sua varanda. Os dias, as semanas, as estações.

A única diferença digna de nota eram os dias de chuva, quando era impossível ver o Sol pintar o mar de dourado. O velho ficava ainda mais deprimido quando o Sol não aparecia e não tingia o mar com suas gotas de ouro. O cinza era a cor predominante e o horizonte misturava-se com o oceano, transformando tudo em morbidez nauseosa. Sentia sua alma cair nas profundezas de si mesma. Como a criança tímida que apenas põe os olhinhos na janela, morrendo de medo dos trovões.

Embora não desgostasse totalmente da chuva, até acreditava que esta estivesse mais de acordo com sua natureza melancólica. Mas ele queria morrer em um dia iluminado, em que o mar estivesse mais azul. Naquele momento infalível que acontecia no início e no fim da jornada do Sol. Aquele em que o Sol e o mar faziam e desfaziam o trato. O planeta girava e tudo recomeçava. Após a escuridão da noite, os sonhos e a inconsciência, tudo recomeçava como sempre na manhã seguinte. A repetição era tão remota e constante que tudo ficava demasiadamente óbvio. Ninguém duvidava, em momento algum, que um novo dia nasceria após uma longa noite. Parecia a coisa mais normal do mundo, ninguém prestava atenção a isso. Mas... e se essa sequência fosse interrompida ou alterada? Um dia ele tivera notícia de uma tribo que todas as manhãs realizava um culto em homenagem ao Sol, agradecendo pelo seu retorno e garantindo-o naquele dia. Acreditavam, aqueles primitivos, que o Sol não nasceria na manhã seguinte caso eles não repetissem o ritual. E assim eles faziam, estando absolutamente crentes de que o Sol reaparecia todas as manhãs tão somente porque haviam cumprido com as suas obrigações. O velho achara muito curiosa essa maneira de engajar-se na existência, e lamentava que os ditos homens cultos não tivessem a mesma percepção. Não pode haver melhor maneira de se sentir participando da vida do que acreditar que o Sol só aparece porque algo de concreto fizemos para isso. Desse modo, sempre se sentiria participante da vida, nascendo e evoluindo junto com ela, engalfinhando-se. Algumas vezes sendo maltratado por ela, mas sempre junto. Adalberto, como homem moderno, não participa exatamente dessa crença primitiva, mas a aceita como interessante. O homem moderno, desconectado do simbólico e sem rituais, é incapaz de apreender tal significado.

Entretanto, os tempos mudaram. Naqueles dias ele era um pálido reflexo dessa ativa participação. Já não se podia divisar conluio entre o velho e sua vida. Ambos andavam distantes, tristonhos, separados, como ex-amantes que já não se querem ver. Como um homem a seu amargo destino, Adalberto rejeitava a vida. Pedia clemência e não escutava resposta. Queria partir e não encontrava os meios. Tantos brigavam pela vida, queriam ficar a todo custo. Ele queria ir embora. Sua vida tornou-se um despropósito. Viver sem desejo é pior que morrer, pensou ele. Muito pior.

Sentado em sua cadeira de rodas, de frente para o mar, o velho tentava sentir o gosto do sal ainda impregnado em sua pele. O sal da vida. O tempero da existência. Lambia as mãos, os braços, como um gatinho em seu ritual de banho. O gosto que lhe vinha à boca, entretanto, era o registrado em sua mente havia muito, muito tempo, quando ainda cruzava os mares da Bahia com seu filho querido. Enquanto se lambia, o velho escutava o ruído das ondas a chicotear o casco de *Penélope*. Ele não se preocupava Renato estava no comando.

* * *

As meninas banharam-no, trocaram suas roupas e o pentearam. Arrancaram de seu corpo o cheiro e o gosto do mar. Violaram o pobre velho em suas reminiscências. Deceparam de sua alma o sagrado batismo em águas do mar da Bahia. Não percebeu se elas tomaram conhecimento da aventura ou não, pareciam apenas ter concluído que ele necessitava de um banho. De nada valeram os protestos. O velho já não tinha direito a opinar em questão alguma. Não podia decidir sequer sobre a higiene de seu corpo. Suas filhas julgaram-no sujo, descabelado, de unhas crescidas. Talvez tivessem razão. Do ponto de vista delas, o que se passava podia fazer algum sentido. Para aquele velho penalizado, havia sido um ultraje. Um desrespeito com um ser que se despede do mundo, um sacrilégio. Se não estivesse tão torporoso e incapacitado, fundaria uma associação em defesa dos direitos dos idosos. Aquela violência não mais se repetiria. Suas filhas, insensíveis e alheias ao seu estado, seriam condenadas e presas. Assim estaria livre da ação predatória daquelas duas. Seriam elas realmente suas filhas? Quem eram aquelas duas estranhas moças?

Adalberto não via sentido em tudo aquilo. Sequer sobre um banho podia decidir. Era o fim. Definitivamente não queria continuar. O mundo tornara-se um lugar estranho, apático, sem paisagens ou cheiros familiares. Aquele mundo não era o seu, aquelas filhas não eram suas, aquela vida não lhe pertencia. Estava ocupando o lugar de outro.

Uma arma! Precisava conseguir uma arma. Já não se tratava de ter coragem ou não. Morrer, partir, ausentar-se para sempre, tornava-se, a cada instante, uma imperiosa necessidade. Estava disposto a pôr de lado toda a orientação religiosa que recebera, seus princípios, sua fé, para resolver, como homem, aquela questão urgente. Estava convencido de que precisava morrer, o mais rápido possível. Não pretendia mais dar tempo à morte. Se ela não vinha à sua procura, ele iria em seu encalço.

Ele ainda tinha guardadas umas economias, algo que a meretriz não conseguira levar. Estavam escondidas no fundo da última gaveta da cômoda. Nem mesmo as duas filhas tinham conhecimento. Não sabia a quantia, mas devia ser suficiente para comprar um revólver usado e uma bala. Bastava uma bala, uma só. Onde acharia um revólver?

Não confiava no porteiro de seu prédio, era um fuxiqueiro, um delator. Bem certo que tinha algo a ver com aquele banho ultrajante. No mínimo dera com a língua nos dentes e contara o que sabia àquelas duas endemoniadas. Não, com o porteiro ele não podia ter esse tipo de conversa. Tinha que ser alguém de fora, talvez alguém da noite. Sim, alguém da noite. Quando a noite caísse, ele iria ter com suas personagens.

Esperou na varanda, com o olhar perdido no horizonte. Viu, mais uma vez, toda a movimentação de gente em função do mar. Os barraqueiros e vendedores, os rapazes do surfe — seus colegas —, os banhistas e os turistas. Viu mais tarde quando chegaram as figuras estranhas que faziam ponto por ali à noite. Desceu e foi encontrar-se com uma delas.

O enxerido do porteiro já havia encerrado o turno. Um outro moço, mais jovem e, aparentemente, mais discreto, assumira seu lugar. Bem como ele queria. Passou pela entrada sem dizer nada. Ninguém tinha nada a ver com sua vida. Ele não tinha que dar satisfações. Foi com a cadeira de rodas até a entrada do edifício e ganhou a rua.

Dirigiu-se à faixa de pedestres e, antes de alcançá-la, pôde ver a moça do segundo andar e o namorado entrarem no prédio. Essas mulheres! Nem se importavam em dividir o amor de um homem. Ternura andava tão escassa que elas não se incomodavam em partilhar. Como se o amor não tivesse endereço certo. Como se fosse possível desejar dois tesouros ao mesmo tempo. Seria possível? Agora compreendia que não. Não era possível apreciar dois vinhos simultaneamente. Devemos degustar um e guardar o outro para outra ocasião. Uma mulher devia ser apreciada em sua plenitude e totalidade. Por si só já era complexa e enigmática demais. Concluía que ter duas mulheres ao mesmo tempo era passar batido pela experiência. Daquela maneira não se atingia a magnitude da relação. Era um crime encontrar uma mulher e não vivenciá-la integralmente. Seria o mesmo que um botânico descobrir uma nova espécie de flor e não a descrever e classificar. Uma mulher devia ser conhecida por inteiro — ele agora se iluminava — em todas as suas muitas faces, e isso demandava atenção e tempo. Era um melindroso processo, impossível de ser feito paralelamente a outro. Era preciso debulhá-la, vasculhá-la em seu interior, conhecer-lhe as miudezas. Era necessário compactuar com elas, ao menos por um tempo. Só assim, após conquistá-la inteiramente, conhecer-lhe os caprichos e as entranhas, o seu jeito de dormir e acordar, as suas reações durante a TPM, é que um homem podia outorgar-se o direito de dizer que a conhecia. A flor só se abre integralmente, só exala perfeitamente o seu perfume, para o jardineiro em quem confia, e o homem que deseja a mulher precisa merecer esta confiança. Não era possível atingir a necessária retidão de caráter e alinhamento de intenções, necessários ao acionamento desse demorado processo, quando se vivencia uma outra situação. Nesse caso, haveria uma irreparável perda de energia e objetividade, que faria partir o vaso alquímico que era uma relação de amor. Um homem podia conhecer muitas mulheres, isso era enriquecedor, mas não era desejável que fosse ao mesmo tempo. Ou mergulhava-se de verdade na experiência, ou não valeria a pena. Quem não se comprometesse, não se arranhasse no roseiral do amor, não se perdesse em sua densa mata, não podia almejar havê-lo conhecido. Era um tolo a brincar com as próprias fantasias, um bufão a rir diante do espelho.

Estava convencido de que a bela jovem do segundo andar perdia seu tempo com aquele rapaz. Tivera vontade de revelar-lhe a suspeita, mas a moça certamente riria dele. Um pobre velho esclerosado. Ou então, diria duramente que ele não tinha nada que se meter com a sua vida, o que era absolutamente certo. Na dúvida, calou-se. Tinha seus próprios problemas com que se preocupar.

O revólver! Por esse motivo descera até ali. Precisava encontrar alguém que lhe vendesse um. O homem atravessou a rua e alcançou o calçadão. Como pôde, deslocou-se até a porta do quiosque da floricultura, fechada àquela hora. Alguns moleques estranharam a aproximação. Fumavam crack, protegidos pela sombra do quiosque. Ele nem se importou, penetrou na roda que formavam e perguntou:

— Quem tem um revólver para vender?

Os rapazes entreolharam-se. Acharam estranho um velho em uma cadeira de rodas, àquela hora da noite, perguntando por um revólver. Em meio à fumaça entorpecente do crack, alguém indagou:

— Pra quê que tu quer um revólver, vovô?

— Isso não interessa — respondeu o velho com rispidez.

— Claro que interessa! — insistiu a mesma voz. — Não é bom muita gente armada no pedaço, sabe como é... a concorrência.

— Estou disposto a pagar.

— Claro que tá disposto a pagar. Acha que a gente ia conseguir um berro de graça?

Adalberto não respondeu. Ficou parado, olhar fixo nas figuras sombrias à sua frente. Daquele ponto mal conseguia discernir os rostos. A fumaça era evidenciada pela luz do poste.

— Quanto você tem aí? — O velho identificou uma outra voz.

— Não tenho nada aqui comigo, mas consigo o suficiente — respondeu o velho, resoluto.

— Qual é, vovô, tá querendo apagar alguém? A gente faz o serviço completo e cobra baratinho, tá bem? É melhor que andar armado por aí, é perigoso pra um cara na sua idade.

— Não! O serviço tenho que fazer eu mesmo. Quero só a arma.

— Tá bem, tá bem! Quanto você tem pra pagar?

O homem parou para pensar. Não era muito, mas devia dar. Contabilizara duzentos reais, mas não queria gastar tudo, tinha ainda que comprar o último maço de cigarros. Queria morrer como sempre vivera, com um delicioso cigarro entre os lábios. Isso o relaxaria e lhe daria coragem para apertar o gatilho. Afinal, o que tinha a perder? Este último pensamento animou-o.

— Cento e oitenta reais.

— Bom, não é muito, mas tu tá com sorte. A gente apanhou um berro numa parada hoje de tarde. Pode valer esse trocado aí. Tá um pouco velho, mas serve direitinho pro que tu tá querendo.

— Acho que sim.

Um dos rapazes, um mulato franzino e cabeludo, desembrulhou um pacote e mostrou o revólver, tomando antes a precaução de esvaziar o tambor. O velho apanhou a arma com a mão trêmula, mal tinha forças para empunhá-la. Olhou-a de um lado e outro, concordou com a cabeça. Pediu apenas uma gentileza.

— Qual?

— Deixem uma bala.

Os homens silenciaram. Após alguns instantes de expectativa, recolocaram uma bala e devolveram o revólver.

— Tá no ponto.

— Obrigado.

O velho enfiou a mão no bolso, sacou o dinheiro e entregou-o ao jovem.

— Vovô esperto! Disse que não tava com a grana, hein?

— Não queria correr o risco de ser enganado — respondeu sem qualquer hesitação. Sabia com quem estava lidando. Com a arma em punho, afastou-se do grupo, dando ré com a cadeira. Somente ao atingir uma distância segura, e em um ponto melhor iluminado, acionou-a para a frente, atravessando de novo a rua e depois entrando no edifício.

Teve o cuidado de esconder o revólver dentro da calça. Não queria que ninguém desconfiasse de algo, ou o plano falharia. As bizarras tentativas de morrer não tinham surtido efeito. Agora, com um método mais tradicional, tinha esperança de que desse certo.

Ao passar pelo porteiro, cumprimentou-o formalmente. Não queria deixar pistas, e por isso procurou agir da maneira mais natural possível. O moço acompanhou-o até a porta do elevador, abrindo-a quando a cabine chegou ao térreo. O velho deslizou para dentro, apressado. Com um fraco "boa noite", seguiu para seu destino. O rapaz voltou imediatamente ao seu posto.

Entrou no apartamento e encontrou a costumeira bagunça. Não havia qualquer motivo para limpar a área. Desse jeito sentia-se à vontade em seu infortúnio. Tudo estava condizente com a tristeza cativa em seu peito. O seu padecer era coerente com o desarranjo em que se encontrava o seu lar. Ele não queria que ninguém organizasse suas coisas, ninguém. Já tinha que aguentar aquelas duas estranhas que o visitavam de vez em quando, melhor dizendo, que invadiam seu território com alguma frequência. Quem eram aquelas mulheres? Precisava avisar à polícia. Não! Não podia avisar à polícia. Descobririam o plano. Ele estava só. Precisava escolher o momento e executá-lo sozinho. Desta vez não permitiria interferência, tudo teria que dar certo. Desta vez não haveria escusa. A morte teria que aceitá-lo. Decidira levar a cabo a ideia que inicialmente rejeitara. Não perderia mais tempo com lembranças ou conceitos aprendidos em outros tempos. A religião nunca lhe fora de muita utilidade, afinal. Os ensinamentos de pais e mestres, há muito esquecera. Sua antiga vida, repleta de emoções e aventuras, descambara de vez no vazio. Nada fazia sentido a não ser a ideia da morte. Sofrer por um ideal, uma causa, vá lá que seja. Sofrer por nada? De modo algum aquela vida estúpida podia continuar. Ele tinha que ser homem o bastante no fim de tudo. Cabia-lhe pôr o ponto final naquela história triste. Ninguém sofreria. Seu fim não molestaria ninguém. Seria uma bênção para todos, principalmente para ele mesmo.

Quando sua alma mergulhasse no nada, ele estaria livre. Se o nada fosse tudo o que existisse do outro lado da cortina da vida, estaria contente por não ter nada a recomeçar. Caso alguma coisa houvesse, tinha a esperança de que podia partir do zero. Tentaria fazer diferente, pois, agora, ao apagar da chama, verificava que alguma coisa tinha dado errado. Algo que fizera, ou deixara de fazer, incomodava-o. Um sentimento estranho, indefinido, mas suficientemente forte comprometia a decisão e fazia tremerem suas mãos. Ele queria e vacilava. Um desconforto sério crescia na alma. Não havia nada a perder, a não ser aquela vida miserável. Tampouco havia algo a temer, mas ainda assim vacilava. Um vento, uma brisa, um fenômeno qualquer soprava em seus ouvidos uma estranha canção. O velho não a escutava com nitidez, por mais que se esforçasse. Era um chamado, um aviso, uma mensagem importante, porém incompreensível. Era o derradeiro apelo da razão no sentido de evitar o desastre que estava por vir. Imaginou que fosse um último gesto desesperado de sua alma dominada pelo instinto de sobrevivência. Tudo continuava, entretanto, sem fazer sentido. A alma não era eterna? Por que temia morrer?

Bobagem! Tudo bobagem! Toda a baboseira religiosa que lhe ensinaram morreria com ele. Todos os conceitos de bem e mal, certo e errado, virtude e pecado, ficariam para trás. O mundo estava impregnado daquela tralha inútil, repleto de gente disposta a propagá-la. A verdade estava para ser descoberta logo mais. Toda aquela história contada a vida inteira não passava de conversa para assustar as crianças e dominá-las. A morte iria livrá-lo, e de uma vez por todas, daquelas tolices. Certamente eram aqueles conceitos infantis, aquela lavagem cerebral, que agora seguravam sua mão, fazendo-a tremer. Não permitiria que a crença em algo mítico, incompreensível, o fizesse desistir da ideia. Ele era um homem de decisão, sempre fora, e era hora de tomar a mais importante de toda sua vida.

Imóvel, na varanda, fitava o horizonte negro e segurava o revólver sobre o colo. Lembrou-se da hora em que queria morrer. Lembrou-se do desejo de que seus restos fossem espalhados sobre o mar no horário em que a água se tingia de dourado. Aquela não era a hora certa. A noite cobria tudo com a escuridão. Não se via nenhum reflexo do Sol. Deu meia-volta, guardou o revólver na gaveta da cômoda, acendeu um cigarro e preparou-se para dormir. Amanhã será um longo dia, pensou.

Na manhã seguinte, levantou-se cedo. O Sol assumia seu posto no horizonte, hora do espetáculo. Pouco a pouco os cálidos raios foram dominando a paisagem e logo o mar cintilava aos olhinhos espremidos do velho. Reposicionou as lentes e deixou que a luz do Sol refletida aquecesse seu corpo. Trazia sobre as coxas descarnadas o maldito revólver que comprara na véspera. A despeito de sua firme decisão, não tivera tempo naquela linda manhã de pensar na morte. Até aquele momento tudo lembrava a vida. A noite e o sono interromperam, momentaneamente, a sequência mórbida que o dominava havia muito. Em verdade, não tivera tempo ainda de retomar sua rotina funesta. Sobravam-lhe vida e energia. Era estranho, mas sua varanda era um foco de luz que se irradiava para todos os lados. Sentiu-se envergonhado com suas intenções. Olhou o revólver, pensou em guardá-lo outra vez na cômoda, mas não o fez.

O homem fraquejava de novo. Mais uma vez vacilava, tinha dúvidas, sentia-se inseguro. Percebia sua vontade esvaziar-se, sumir. Não, não toleraria desistência. Todos os argumentos haviam sido exaustivamente analisados. Não havia qualquer sombra de dúvidas. Aquela vida não valia a pena. Não encontrava um só motivo que justificasse sua permanência neste mundo. Mas então, por que não morria de causa natural?

Sentia a infiltração do desânimo em sua convicção. Teve medo de parar para refletir mais uma vez e desistir. Não, de jeito algum. Precisava continuar, ir em frente sem pensar. Não podia fugir ao compromisso assumido consigo mesmo. Era seu bem-estar que estava em jogo. A vida podia ser boa para alguém, mas decerto que não era para ele. Já foi boa, pensou, mas agora...

Abaixou o olhar e fitou o revólver em seu colo. Passou alguns minutos a contemplá-lo, desenhando-o com a imaginação. Observou a forma, imaginou o peso, levantou-o até o nariz, cheirou-o. Teve a sensação de sentir o cheiro de pólvora. Bobagem!

Enfim, apanhou a arma. Suas mãos tremiam, sua vontade também. Queria morrer, tinha que morrer. Precisava ser determinado e ir até o fim. Qualquer medo idiota deveria ser afastado, qualquer indecisão tinha que ser neutralizada.

Ergueu o revólver até a altura do rosto e encostou a extremidade do cano na têmpora direita. Lançou um derradeiro olhar à rua e viu que não passava ninguém àquela hora. Era muito cedo. Não corria o risco de que alguém o visse empunhando uma arma e o denunciasse. Fitou o mar e o horizonte mais uma vez. Certificou-se de que o Sol ainda produzia o efeito sobre a superfície da água. Pensou em Renato, em Iracema, nas duas filhas loucas. Lembrou-se de *Penélope* e das viagens. Era a hora.

A fraqueza muscular tornou a posição do braço insustentável. Não queria errar o tiro, afinal, tinha só uma bala. Arriou o revólver outra vez sobre as coxas e mudou de lado. Agora era sobre a têmpora esquerda que repousava o cano. Enfiou o dedo e tentou puxar o gatilho. Nada! Daquele jeito não tinha posição, não tinha força. A mão tremia a ponto de ser impossível manter a arma parada. Não, daquele jeito não dava. Acabaria dando um tiro no teto e estragando tudo. Teve, então, uma outra ideia. Seguraria a arma com as duas mãos e atiraria na boca. O velho gostou. Assim parecia ser melhor. Com os dois braços teria mais firmeza e ainda poderia apoiar os cotovelos na cadeira. Estava decidido. Daria um tiro na boca.

Lentamente posicionou-se e apontou o cano do revólver para o céu da boca. Respirou fundo, fechou os olhos e, com o polegar, puxou o gatilho. Nada. Nenhum estampido ecoou na manhã recém-nascida. Assustou-se. Tudo que ouviu foi o som do cão batendo em seco. Fechou os olhos outra vez e apertou de novo o gatilho. Nada. Como seria possível? Estava seguro de que a bala estava pronta. O que acontecera? Apertou mais uma vez, e outra, e nada. Estava desapontado. Abriu o tambor e viu que faltava a bala. Onde estaria? Não mexera na arma, como poderia ter sumido?

Olhou ao redor, não se encontrava pelo chão. Com o revólver entre as coxas, deu meia-volta e foi verificar na gaveta da cômoda. Nada encontrou. E agora, Adalberto? Como morrer sem uma bala calibre trinta e oito? Aqueles moleques trapacearam, pensou o velho. Fingiram ter deixado uma bala. Sentiu-se lesado. Mais uma vez havia sido desrespeitado. Não podia confiar em ninguém, menos ainda em moleques de rua. Ficou zangado. Jogou a arma na gaveta e voltou à varanda. A hora havia passado.

Mais uma vez, e a contragosto, adiava seu intento. Fracassara de novo, deixara passar o momento. Agora só no crepúsculo teria de novo as condições propícias para a morte que sonhava. A tão almejada morte. A difícil morte que dava a impressão de sempre estar fugindo dele. Era mesmo inacreditável. Um pedacinho de metal menor que a falange do seu dedo mínimo impedia-o de concretizar o ato. Sem aquele tarugo metálico a arma não fazia nada, era um objeto de decoração.

Sentiu-se frustrado. Esperava àquela altura já estar no outro mundo.

Passou todo o dia a matutar. Que mal faria morrer em qualquer outro horário que não a alvorada ou o crepúsculo? O importante é que estava decidido que suas cinzas seriam espalhadas sobre o mar naquele momento especial. Morrer poderia ser a qualquer hora. Não se sentia em condição de negociar horário com a morte, do jeito que ela andava, visivelmente indisposta a arrastá-lo para o outro mundo. Quando a digníssima se anunciasse, ele estaria pronto. Mas quem poderia garantir que as duas loucas que se diziam suas filhas iriam cumprir o prometido? Que garantia teria de que seus restos mortais seriam devolvidos ao mar azul e fariam parte dele? Nenhuma, pensou, nenhuma. As duas mulheres dividiriam suas coisas, gastariam todo o seu dinheiro e desapareceriam. Ele bem podia ver o que elas queriam.

Bem, de qualquer modo, isso seria depois, e o depois não lhe interessava. Não estava preocupado com o que fariam com seus pertences, preocupava-se com o que fariam com seus despojos. Era importante para ele sentir, ver, perceber, ou o que fosse, seus restos mortais retornarem ao mar. Seria sua derradeira alegria. Só assim liberaria o último suspiro e morreria em paz. Desde quando as duas filhas estavam preocupadas com isso? Queriam sempre fazer o contrário de sua vontade. Decididamente elas não eram confiáveis. Ele não tinha mais ninguém com quem contar.

O dia arrastou-se como se não quisesse passar, como se algo o prendesse. O relógio dos velhos parece andar para trás à medida que se avança na vida. O tempo deixa de ser um aliado e passa para o lado inimigo. Há tempo demais para tudo, e há pressa. Um paradoxo! Para quê pressa se há tanto tempo? O que acontece é que o calendário dos velhos está repleto de páginas viradas, de dias, meses e anos que já se foram. Para a frente quase não há mais nada. Adalberto tinha uma agenda em que nada havia escrito. Uma agenda de dez ou onze anos antes. Fora um presente de alguém, não estava lembrado de quem. Para quê um velho, em fase de finalizações, precisa de uma agenda? Para anotar o dia de sua última viagem, o nome do cemitério em que vai ser enterrado, o número da sepultura? Ora, ele não pretendia ser enterrado, embora, com suas duas assistentes, não estivesse seguro de nada. Quanto ao dia da última viagem...

Aquele dia acabou passando, afinal, em ritmo de total desconsolo. Procurou pela bala em todos os lugares. Com dificuldade, espiou sob a mesa, a cama, a cômoda. Verificou no bolso da bermuda, da camisa. A bala sumira, ou jamais estivera no tambor de sua arma. Certamente ele havia sido enganado pelo moleque que lhe vendera o revólver. Revoltou-se. Acaso aquele jovem tinha noção da decepção que lhe causara? Claro que sim! Àquela hora estaria rindo de sua cara boba e flácida. Da baba que escorria e gotejava, sujando-lhe a camisa. Ele não tinha como conter suas secreções e isso o deprimia. Saliva e, muitas vezes, urina e fezes, escapavam-lhe ao controle. Por vezes dava-se conta apenas muito tempo depois que se sujara. Felizmente os odores não o molestavam, mas sentia-se desconfortável ao tocar em suas vestes molhadas ou sujas de excrementos. Não compreendia a capacidade que tinha o cocô de espalhar-se rapidamente. Às vezes notava que havia por toda parte, em tudo que tocava. As coisas melhoravam um pouco, neste aspecto, quando as duas moças que estavam enlouquecendo o visitavam. Felizmente o destino roubara-lhe o olfato.

Mas, a bala, onde conseguiria uma? A morte, onde andaria? Maldita morte que o desdenhava, que o negligenciava, que o subestimava. Morte despudorada e cruel. Onde andaria a maldita? Por que não poupava quem a temia, quem dela se apavorava? Em vez disso, rejeitava quem a amava e a procurava!

A morte é uma amante ingrata e vil, pensou. Decididamente não queria deitar-se com ele. Queria vê-lo apodrecer sem morrer. Como sádica observadora, apreciava vê-lo penar no mundo como cão sem dono, como defunto errante a vagar sem canto para deitar-se. Todos necessitam de um ponto final. A história daquele velho, lamentavelmente, não tinha fim. Era como um rolo de filme defeituoso, a rodar interminavelmente. Aquele filme não tinha fim, muito menos um final feliz. Em sua serena angústia parecia resignado. Mas onde encontraria uma bala calibre trinta e oito?

A tarde chegou mais cedo que de costume e a bala não apareceu. O homem sentou-se na varanda segurando o revólver. Sentia-se o único ser no mundo a ter uma arma, disposição para se matar, e estar impedido de fazê-lo por um pequeno detalhe, um desprezível detalhe de um ou dois centímetros. Esta era a distância para a eternidade. O velho podia ver a silhueta da morte do outro lado do véu. Podia até mesmo escutar os passos calmos e resolutos, a fleuma soturna da morte. Com certeza ela estava lá, ele a pressentia.

Mirou o horizonte. Aproximava-se o momento e ele não tinha a maldita bala. Outra vez deixaria passar o derradeiro suspiro que tinha engatilhado na garganta. O último grito que não soltava. Tudo por conta de uma cápsula de metal que fazia toda a diferença. A inconcebível diferença entre o céu e o inferno. Entre o estar e o não estar neste mundo hostil, vivendo uma inútil realidade, encarnando uma figura patética de velho esclerosado e sujo de urina e fezes. Aquela bendita bala seria a ponte para a paz, para o sempre, para o longe, muito longe. Tinha o firme propósito de saltar do mundo e deixá-lo rodar sem ele. Queria a ausência calada e consentida da morte que apazigua os espíritos. Desejava, com pureza de alma, um silêncio resignado e definitivo.

E tudo apenas porque a morte não o queria. Caso contrário, quem sabe, hoje estaria em algum lugar tranquilo, sem dores físicas, trabalhando como ajudante de anjos. Somente até encontrar um trabalho mais excitante. Mesmo que tivesse que, por um tempo, limpar as latrinas dos céus, ainda assim preferia partir. Em sua firme opinião, qualquer realidade seria melhor que aquela. Tinha sido ultrapassado o limite do suportável.

Agora tinha um cano de revólver com o tambor vazio apontado para o rosto. Olhava o cano oco com a curiosidade e sofreguidão de um adolescente em véspera de prova. Tinha em seu poder o passaporte para um mundo além das nuvens e não estava habilitado a usá-lo. Faltava algo muito pequeno, mas indispensável. Um complemento, um detalhe, um apêndice, mas muito, muito importante. Lembrou-se da crise de apendicite da adolescência. O médico demorou a diagnosticar e isso quase custou-lhe a vida. Disse, depois que o perigo passou, que aquele pequeno órgão não tinha qualquer função. Só servia para inflamar. Como algo que não tem qualquer função pode inflamar e até matar se seu estrago não for reconhecido a tempo? O médico não sabia o que dizia, ponderou. Eles nunca sabem. Como saberiam se não ouvem a si mesmos? Estão sempre levando em consideração o que os outros disseram e escreveram antes deles. Os médicos não dizem verdades, repetem as crendices de outros médicos que os precederam. Assim constroem um imponente edifício com ideias estranhas para eles, mas que são obrigados a aceitar e propagar em nome do bem-estar corporativo. Jamais confiara nos médicos desde então. Achava-os arrogantes, autoritários, supostamente donos de si. Tinham, como os advogados, uma fala comedida, estudada. Não eram nada espontâneos.

E a bala? Tristemente, o velho reconhecia que não a tinha. O revólver fitava-o com seu único olho. Um olho certeiro e decidido, capaz de resolver uma questão grave como a sua. Lamentavelmente, porém, ele não estava ao alcance daquele olhar sinistro. Aquele olhar em riste não o atingiria. Aquele cano ereto não acertaria sua cabeça como ele desejava. Permaneceria inerme, deitado em seu colo como seu pênis murcho. O guerreiro valente abatido em pleno voo. Prisioneiro de sua própria limitação.

Aquele crepúsculo não veria sua morte, nem o seguinte, nem o outro. Estava acorrentado ao mundo, expiando suas faltas. Não havia outra explicação para aquele calvário. A essa altura tinha apenas uma tênue ideia de quais seriam essas faltas, e achava o pagamento desproporcional. Talvez o esquecimento tenha abrandado minhas culpas, deduziu. Deus devia saber o que estava se passando.

Uma cortina de fumaça foi aos poucos invadindo seus pensamentos. Uma névoa encobria as ideias e a visão perdeu a nitidez. Via apenas a luz e a sombra em interminável brincadeira, e vultos que se aproximavam e partiam em intervalos variados. Nenhum som, nenhum cheiro, nenhuma cor. Luz e sombra, distância e proximidade, altura e profundidade, apenas isso. Poderosas ondas arrojavam-no ao alto, e as mesmas ondas devolviam-no ao abismo escuro e frio. Sentia algo de aspereza indescritível fustigar sua pele, ou, quem sabe, sua alma. Onde estaria o limite entre a pele e a alma? O homem não sabia. Esquecera seu nome, ou ter um perdera completamente a importância. Aquela região solitária dentro de si mesmo não admitia identificações espúrias. Seu corpo, ou o que restava dele, vagava em meio a uma cerração indecifrável, um curto-circuito na linearidade das ideias humanas. Não havia tochas ou luzes suficientes para iluminar a escuridão que se abatera sobre o horizonte. A chuva caía pesada, transformando em lama qualquer construção. Alguém passeava distraído pela praia. Nada podia ser divisado ou reconhecido. Nada era digno de análise ou juízo. Nada, ou tudo, perdia-se em contorcida espiral evolucionária. Não havia princípio, meio, ou fim. Tudo se passava em amorfa apresentação, como em um teatro mambembe, ensandecido. O caos substituíra a ordem na nova rodada de poder. Exatamente como se Deus houvesse saído de férias.

Pensar em Deus era, de certa forma, retomar algum princípio organizativo. Uma clareira em meio ao absoluto caos existencial. No esconde-esconde de luz e sombra, um arremedo de pensamento coerente vez ou outra fazia-se notar. Fachos de luz eram arremessados contra a parede mal iluminada, causando desconforto no limite entre a pele e a alma. Impossível saber se era dor, uma vez que a dor não existia. Era apenas algo diferente do nada que nenhum efeito produzia. Nesse caso, em meio às clareiras luminosas, algo poderia ser percebido, ainda que não pudesse ser descrito ou identificado.

O silêncio absoluto ecoava insuportável em sua cabeça, provocando uma espécie de tontura e náusea. Não havia espaço para cair, caso se desejasse, portanto não havia desejo. O ilimitado corpo, repleto de luz e sombra, espraiava-se pelos quadrantes do mesmo inominado espaço, como se fosse um tapete macio e sem bordas. Mas um tapete já era uma forma, ainda que evanescente, dotada de limites quase precisos, o que não chegava a fazer sentido naquele inusitado momento de insana contemplação.

Então a luz retomou a lucidez perdida, encerrou o transe delirante, e o velho percebeu que era muito tarde. Que horas seriam? Não encontrou resposta. Para onde olhasse, nada via que fosse dotado de movimento. Não, espere, um veículo não identificado fazia a curva ao longe. Fora isso, a rua estava morta, mais morta que ele. Apenas os postes de luz davam sinal de que havia vida naquele planeta. Não atestavam, entretanto, que fosse vida inteligente, ou, de outra maneira, os habitantes daquele estranho mundo saberiam a hora de morrer, de se desligar. O controle sobre a vida e a morte, ou seja, a passagem de um para outro, deveria ser de domínio de seres evoluídos. Morrer ou viver seria uma questão de escolha livre e independente. Seria apenas uma questão de consciência. Adalberto tinha a impressão de que havia um propósito para a vida e para a morte, só não sabia qual. Imaginou que conhecê-lo seria a chave para o total controle sobre os assuntos da existência. Escolheríamos quando e como nascer, assim como decidiríamos quando e como partir. Uma vez cumprida a missão na terra, estaríamos habilitados para mais altos voos. O problema é que demoramos muito para perceber qual a nossa verdadeira tarefa neste mundo, pensou o velho. Perdemos muito tempo com coisas pequenas e nos desviamos do caminho principal diversas vezes. Ao retomarmos a estrada, estamos quase sempre muito atrasados. Aí queremos correr, compensar o tempo perdido, e mais uma vez nos perdemos. Ora, é tão fácil perder-se no mundo. Um planeta tão vasto, com tantos caminhos, é provável que se tome um equivocadamente. Na vida há muitas estradas e todas conduzem ao mesmo lugar. A única diferença entre elas é a distância. Algumas são muito sinuosas, outras são quase uma linha reta. Qual é a minha?, perguntou a si mesmo.

Muito tarde para se ocupar com isso, velho louco. Você já está no fim da estrada que tomou, seja lá qual tenha sido. Este é o último quilômetro. O interminável e insuportável último quilômetro. O problema é que na estrada da vida só dá para ir a pé, e suas pernas flácidas não lhe suportam mais o peso. Esta derradeira etapa você terá que completar arrastando-se. Arrastando-se humilhado até alcançar o último centímetro. A vida desconhece obstáculos e o destino desconhece piedade. Tudo indica que este é o mais longo e doloroso trecho. Não adianta chorar, homem de Deus. Se não pode andar, que se arraste o mais dignamente possível, e não tema o próprio julgamento. Sim, porque só você mesmo está a julgar-se. A vida não está nem aí para você. Para Deus não há lugares distintos, não há o bom nem o ruim, portanto qualquer caminho é caminho. A escolha é sempre sua. A responsabilidade é toda sua, bem como os desdobramentos.

Você está só neste jogo, e é aí que está o segredo. É por isso que viver é uma experiência tão solitária quanto morrer. Embora estejamos em família e nos encontremos sempre, há um aprendizado que cabe a cada um de nós, separadamente, isoladamente, solitariamente, concluiu

Ele parecia mais abatido sob a pálida luz da Lua. A noite da rua era idêntica à sua noite particular. Nada se movia em sua alma, nada. A escuridão de suas ideias era, vez ou outra, interrompida por tais pensamentos libertários. Aparentemente sem sentido, filosóficos demais, loucos, mas podiam representar uma saída ao encurralamento de vida em que se encontrava. No doloroso limbo entre a vida e a morte, um pensamento de escape, por mais insano, podia significar um aceno do lenço branco de Deus.

Àquela altura deu-se conta de que precisava de Deus. Imaginá-lo, sonhar com sua possível imagem, com sua glória, iria fazer-lhe bem. Suas certezas eram ainda mais débeis naquele estágio de vida. Quando a morte está à porta, todas as certezas tombam, toda a segurança esvai-se. Todas as ilusões desfazem-se. O suor da luta que a vida representa rapidamente evapora-se. As vitórias são relativizadas e as derrotas, ressignificadas. A história de vida pessoal ganha uma dimensão mais ampla e novos pontos de vista são agregados à visão particular dos fatos. O moribundo tem tempo para preparar-se, embora tempo, para quem morre, seja irrelevante.

O velho muitas vezes sentia sua alma flutuar por entre as sombras da ignorância. Sofria pela indecisão entre a inércia e o passo para atingir a ampla perspectiva. Sofria por intuir que a caminhada não poderia ser tão escura, embora fosse exatamente assim que a sentia. Havia um nítido e intransponível fosso entre a perspectiva e a realidade. Como a diferença entre o sonho e a vivência real.

De alguma forma insidiosa, Deus penetrava em suas veias, misturando-se a seu sangue cronicamente anêmico. Isso, ele esperava, fortaleceria seu ser abatido pelas vicissitudes. A vida mostrara-lhe muitas coisas belas, mas o que seria dela se não fossem os contratempos? A sabedoria de Deus estava nas pequenas coisas, principalmente em sua insuspeitada habilidade em dosar os mal-estares. Tinha o destino que merecia. Após concluir isso, sentiu-se menos culpado. Afinal, Deus também tinha as suas manias. Cogitar sobre a existência de Deus nas derradeiras horas, entretanto, não lhe conferia nenhum trunfo. Não fora capaz de reconhecê-lo na fortuna, mal nenhum podia haver em vislumbrá-lo na má sorte. Deus estava lá, de prontidão, para as intercorrências. Ele era uma intercorrência. Um náufrago de última hora, uma ovelha desgarrada do rebanho do Senhor. Chegava aos seus cuidados um tanto estropiada, suja, manquejando. Não vira o pastor, mas fora vista por ele. De todo modo, algo há na ovelha que a torna tão preciosa. Ah! Coisas de Deus, pensou.

Uma bala faltava naquela arma. Uma única e necessária bala. Ficara pendurado entre a vida e morte por causa de um insignificante pedaço de metal. Se ela estivesse devidamente alojada onde deveria, ele não estaria àquela hora açodado por pensamentos inquietantes. Certamente estaria em paz, em pleno controle de seus esfíncteres, apresentando a Deus, ou a alguma outra autoridade celestial, o seu relatório. A hora da verdade teria que ser enfrentada com serenidade, e não sujo de cocô, por uma questão de respeito. Lastimável aquele estado de decrepitude. Miserável e humilhante. Nenhum ser vivente merecia chegar àquele estágio, devia morrer antes. Mas não morrera, não morria, e dava a impressão de que não morreria.

Entre outros pensamentos comuns na madrugada, imaginou como seria caso se jogasse da varanda. Esta era uma alternativa. A última em que pensara. Chegou a imaginar a queda, seu corpo despedaçado na calçada, sobre uma poça de sangue. Até aí tudo bem. E se, por azar, atingisse alguém na queda? Se caísse sobre o porteiro ou algum dos moradores? Não toleraria carregar mais esta culpa. Aportaria do outro lado com demasiadas explicações a dar. Ora, não é hora para constrangimentos tolos! A decisão é sua, tome-a! O velho pensou bem, embora já não fosse capaz de pensar direito. Era a morte que buscava, não era? Sim, era. Então, por que tanto pudor? Se chegasse inteiro ou em partes ao solo, que diferença faria? Desde que estivesse bem morto, cem por cento morto...

De qualquer modo, aquela maneira de morrer não lhe garantia a morte imediata e sem dor. Como saber se não ficaria sofrendo em um leito de UTI por semanas, meses, passando toda sorte de desconfortos por que passa um paciente em tal lugar? Lembrou que nenhuma maneira artificial ou natural de morrer podia ser garantidamente que fosse imediata e sem dor. Algo sempre podia dar errado. A dor era parte da experiência de morte, como a solidão. Dor, solidão, culpa. Como afastar-se dessas três irmãs para ter uma morte serena? Não tinha respostas. Era assim mesmo.

Não havia por que pensar muito. Tudo que tentara dera errado. O último havia sido a maldita bala. A solução estava ali, a um metro dele. Aproximou-se da grade e olhou para baixo. Não havia ninguém. Pelo menos, ninguém que pudesse ver. Se houvesse alguma testemunha de sua derradeira estripulia, seria uma prostituta esquecida na madrugada, ainda com esperança de achar cliente. Não se importava mais com elas. Tiveram o merecido lugar em sua vida, agora era a hora do adeus. Elas foram testemunhas na glória, seriam também na derrocada final. Afinal, as prostitutas eram mulheres da vida, e, como ele, sempre viveram com paixão. Elas também tinham seus minutos de glória, seus merecidos minutos de glória.

O velho, sem parar para pensar, pois tinha medo de desistir da ideia, apoiou as mãos sobre a grade, segurou-a o mais firme que pôde e arrojou-se sobre ela com toda a força, usando o peso do corpo. Por um breve instante viu-se oscilante entre a solidez do piso de concreto da sacada e o vazio do espaço. A barra de metal sob o seu corpo comprimia o abdômen e dava a impressão de triturar suas vísceras. Sacudiu os braços em um gesto desesperado de quem procura apoio. Não havia onde se firmar. O corpo passou alguns instantes em delicado equilíbrio. Sentiu-se tonto, e entendeu que isso não tinha a menor importância naquele momento. Sorriu. Teve tempo de imaginar-se um equilibrista de circo, um trapezista. Pendeu para um lado e para o outro, como se em dúvida entre viver e morrer. Exatamente na fronteira entre as duas realidades. Ou entre as duas maiores fantasias. Percebeu que esta última imagem a vir à mente, a do circo, não poderia ser mais perfeita. Afinal, dentro de instantes, tudo não passaria de uma ilusão. Uma ilusão circense.

De sua posição pendular olhou para a varanda, para dentro do apartamento, e lembrou-se de sua vida desesperada e sem sentido. Olhou para o espaço, para a calçada lá embaixo, à sua espera, e imaginou um futuro qualquer. Veio à mente a imagem da esposa reprovando aquela atitude. Não tinha importância, Iracema reprovara quase tudo que fizera ou deixara de fazer. Não seria ela a impedir-lhe que caísse. Em seguida, o sorriso encantado de seu filho Renato. Por trás do sorriso identificou uma profunda tristeza. Estaria ele também a reprovar o que estava fazendo? Não conseguiu resposta e inquietou-se, mas era tarde. O que estava prestes a fazer não podia esperar para sempre. Era uma questão de resolução. Era sua vida e sua morte que estavam em jogo. Ninguém poderia ter ingerência sobre isso. Só ao velho cabia decidir, e ele já fizera sua opção.

Com um leve toque no braço da cadeira que restava vazia ao lado, lançou-se ao espaço. Sentiu deslocar-se rumo ao infinito. Mergulhou no espaço vazio como um astronauta, desses que se vê na televisão. Viu-se leve, a flutuar.

Toda a sensação de liberdade não passou de uma fração de segundo. Com um súbito solavanco, viu interrompido o intrépido mergulho. Uma dor alucinante parecia vir de sua perna direita, da raiz da coxa, de algum lugar em seu corpo. Uma sensação estranha de ossos quebrados acorreu-lhe à alma. De cabeça para baixo, podia ver apenas o chão, que já não se aproximava, e a parte inferior das grades de ferro da varanda. Levou algum tempo para perceber que sua perna ficara presa no espaço entre as grades. De alguma maneira enganchara-a naquele mínimo espaço, e agora não podia seguir em sua viagem em direção ao solo, em direção aos céus. Não tinha forças para erguer-se ou virar-se. A dor insuportável estancara de vez a voz debilitada. Não conseguia gritar nem sair daquela posição. Sentiu todo o sangue fugir de sua perna e acumular-se na cabeça.

Que morte horrível! Pendurado de cabeça para baixo do lado de fora da varanda. Sem poder gritar por socorro, sem conseguir desgarrar-se. Assistindo passivamente ao espetáculo dantesco que ele mesmo engendrara. Não poderia ser pior, pensou. Como sempre imaginara, algo podia dar errado, e dera. O que fazer agora? Ficaria pendurado até perder os sentidos? E se não perdesse os sentidos, morreria de dor? E se a dor não o matasse? Afinal, o que o mataria, meu Deus?

A dor intensa continuava a impingir-lhe um sofrimento atroz. Benfeito! As extremidades dos ossos partidos rangiam a qualquer pequeno movimento. Um calafrio esquisito percorria-lhe o corpo toda vez que isso ocorria. O velho suava com o esforço de tentar sair daquela posição. A mais humilhante em que estivera na vida, concluiu, incluindo o exame de próstata. Tinha que ser a morte a provocar-lhe tudo aquilo. Era o que temia. O pesadelo tornara-se realidade.

Sentia-se um azarado. Tudo que queria era morrer em paz. Não desejava mal a ninguém. Por que a eterna impossibilidade? A qualquer momento a morte teria que chegar. Implorara a Deus que não fosse daquele jeito doloroso, mas agora teria que esperar. Esperar que morresse, afinal, de dor ou cansaço. Esperar que alguém o visse dependurado, ou que o dia amanhecesse. Algo de extremamente comum precisava acontecer. Claro que tinha preferência, mas o que não podia ocorrer era ficar pendurado daquele jeito, como uma jaca para lá de madura. Mesmo uma jaca madura, com toda a sua simplicidade, sabe o momento de cair, e cai. Somente aquele velho decrépito não sabia cair, nem morrer.

Foi aos poucos enfraquecendo, perdendo o ânimo. Acostumara-se com a dor e, a bem da verdade, sua perna até parecia anestesiada. Sentiu sono, e considerou como alguém podia sentir sono em uma situação como aquela. Um líquido escorreu pelo rosto, percebeu que era sangue. Vinha da perna quebrada e torcida. Olhando para cima, viu que sua roupa estava manchada. De onde viera todo aquele sangue? Suas pernas não lhe serviam para mais nada e agora o impediam de morrer. Impediam-no de cair de vez no abismo da morte. O sono foi tomando conta do velho e a noite, lá fora, envolveu-o por completo. No derradeiro instante de lucidez, olhou em direção ao mar. Estava escuro, não pôde vê-lo.

Um grito angustiado ecoou no longo corredor. A enfermeira saiu correndo em direção ao quarto 505, onde estava internado um homem de oitenta e oito anos.

Quando entrou, viu o homem, que estivera em coma durante vários dias, chorando como criança. Ele olhava assustado para o local onde deveria estar sua perna direita.

— A sua perna foi amputada — disse a moça, tentando parecer natural.

— Como... amputada? — O velho estava incrédulo.

— É. Foi a decisão dos médicos, não foi possível salvá-la.

— E não me consultaram? — Ele ainda tentava conter o desespero.

— Lamentavelmente, o senhor não estava em condição de opinar.

— E fazem isso assim? Tiram um pedaço da gente como se nos fizessem um favor? Como se cortassem um pedaço de carne podre? — Estava exaltado, sequer julgava-se capaz de falar tão alto. Sua voz saía inexplicavelmente forte.

— Por favor, senhor, controle-se. Os médicos vão explicar tudo.

— Ah, sim! Vão me explicar mesmo por que fizeram essa barbaridade comigo. Eu não autorizei que me arrancassem a perna. Ela não prestava para nada, mas era minha, e ninguém tinha o direito de tirá-la de mim.

— Se não fizessem isso o senhor morreria. Houve uma grave infecção. Era a perna ou o senhor — respondeu a enfermeira, desconsolada.

— Ora, mas que estupidez! Que fosse eu, então! O que a senhora acha que eu estava fazendo pendurado de cabeça para baixo naquela varanda?

— Imaginei que tivesse se debruçado e perdido o equilíbrio. Não foi o que aconteceu?

— Meu Deus!

— Além do mais, sua família autorizou a amputação. Os médicos não a fariam se não houvesse a permissão de alguém legalmente responsável.

— Quem autorizou?

— As suas filhas — disse a enfermeira, imaginando que o velho se acalmaria.

— Aquelas duas loucas? Por acaso não percebeu que aquelas duas mulheres não são minhas filhas e, portanto, não me representam legalmente?

A enfermeira pareceu confusa. Já não sabia em que acreditar.

— Mas... Não são suas filhas?

— Claro que não! — respondeu o velho, quase gritando.

— Bem, se há algum mal-entendido, senhor Adalberto, nós vamos esclarecer.

A jovem precipitou-se pelo corredor, fugindo a perguntas desconcertantes. Ou o homem estava desorientado ou algo muito sério se passava. Fosse como fosse, era um problema para ser resolvido pelo médico-assistente. Ela era apenas a enfermeira responsável por aquele setor.

Adalberto afogava-se em profunda tristeza. Era um verdadeiro fracasso. Agora morria aos poucos, aos pedaços. Era incapaz de morrer por inteiro, de vez. Haviam levado o seu pé, agora sua perna. Olhava desconsolado para o membro ausente. Sentia-o doer. Tinha vontade de coçá-lo. Corria a mão pelo alvo lençol e nada encontrava. Apenas um espaço vazio sob as cobertas. A metade de sua metade inferior se fora. Ficaria mais difícil o equilíbrio sobre a cadeira de rodas. Mais difícil apoiar-se para sair dela e ir para a cama, mais complicado equilibrar-se na prancha de surfe. Talvez, com o menor peso, fosse mais fácil arremessar-se da varanda. Pensando bem, os médicos haviam-lhe feito realmente um favor. Para que servia aquele pedaço inútil de carne e osso? Os médicos aliviaram-lhe o peso. Para um viajante, esse era um motivo para comemorar.

As duas loucas apareceram e trouxeram flores. Não sabiam que ele detestava cheiro de flores. O imaginário cheiro de flores. Vieram sorridentes, felizes pela recuperação do pai, que passara quase um mês na UTI. Estava justificada a dor que sentia espalhar-se pelo corpo a partir da perna amputada.

Permaneceu mudo durante toda a visita. As duas sentaram-se, falaram durante horas, contaram casos, riram. Ele manteve-se ausente. Nenhum interesse tinha naquela conversa boba. Nenhuma identificação restava com aquelas duas figuras. Eram duas estranhas intrometidas, autorizaram a amputação de sua perna, impediram-no de morrer. Duas criaturas que se julgavam no direito de invadir sua vida, mudar seu destino, e ainda vinham visitá-lo e trazer flores. Era demais!

Então ele pediu para ir para casa. O médico concordou com a alta, e as duas mulheres levaram-no para um asilo de velhos. Como não aceitava ficar com elas, tampouco ter uma empregada, esta foi a estupenda solução encontrada. Começava um novo martírio para ele.

Adalberto logo se tornou famoso por ser o mais irreverente e desobediente interno da instituição. Provocava os funcionários, criava as mais constrangedoras situações no intuito de que o mandassem embora. Não queria permanecer naquele depósito de velhos banidos de seus lares. Observava, horrorizado, as caras tristes e sem expressão, resultado dos remédios que tomavam. Os medicamentos quitavam-lhes o resto de serenidade, ou mesmo de genuína loucura, deixando-os quietos, acomodados, passivos. Perdiam o direito de gritar, protestar. Aceitavam a morte em vida naqueles quartos sem graça, onde recebiam a visita mecanizada de familiares que só estavam preocupados com suas próprias vidas, e iam ali apenas para conciliarem-se com suas consciências. Aqueles velhinhos desterrados não podiam sequer pensar em reagir. Não encontravam qualquer motivação e só estavam vivos porque não eram os verdadeiros donos de seus destinos. A sociedade os degredava em nome da ordem instituída. Em nome da loucura frenética e consumista destes dias incompreensíveis. Os velhos são lentos demais e o mundo é um trem em alta velocidade. Estavam sendo atropelados aos montes. Se por um lado viviam mais, tinham mais tempo para sentir o quanto estavam inadaptados. Mais tempo para refletir, quando conseguiam manter esta função, sobre o despropósito de persistirem no ringue após a luta perdida.

Via os rostos inexpressivos, descaracterizados pelas drogas e pelos tratamentos. Via-os desfigurados pela dor, pelo sofrimento, pela solidão, ou pelo medo da morte. As festas, as confraternizações, não passavam de simulacros de alegria. Coisa armada para distrair velhos, enquanto o câncer ou a própria velhice estavam a devorá-los. Nenhum daqueles inúteis folguedos conseguia divertir, nem mesmo entretê-lo. Seus sonhos, seus desejos, sua alma, passavam longe daquele edifício branco com grandes varandas e um jardim gramado na frente. A paisagem até seria deleitosa se tudo não soasse tão falso.

Execrava todo aquele cenário. Tudo não passava de pura encenação, e os atores estavam a cair aos pedaços. Eram velhos e velhas torturados pela vida, avançando o sinal de seu próprio tempo. Seres consumidos pela chama ignóbil de suas próprias paixões e vícios: sexo, cigarro, álcool, dinheiro, relacionamentos. Prazeres mundanos que entorpecem a alma e causam ruína, e sem os quais, entretanto, quase ninguém vive..E que, apesar de tudo, tornam o mundo um local mais suportável. Deliciosamente humano. Ele conhecia o aroma dos cigarros que se apagavam nos dedos paralisados daqueles velhos. Estava familiarizado com o tremor daquelas mãos descarnadas e com o vazio daqueles olhares. Identificava-se quando nada, com a volúpia suicida e mal disfarçada daquelas almas ansiosas em regressar. O tempo expirara para todos aqueles molambos e também para ele. Se pudesse, encontraria um jeito de morrer junto com todos. Mas ele não era capaz de dar cabo nem da própria vida.

    A paixão pela morte, pela destruição total, continuou a consumir seu pensamento, suas ideias. Todas as manhãs ele acordava pensando nela, e tarde, geralmente alta madrugada, deitava-se com essa ideia fixa. Nada o distraía ou fazia mudar de propósito. Gastava o tempo, e até sentia certo prazer mórbido em engendrar planos para executar a si próprio. Lembrava-se de todas as técnicas de suicídio já conhecidas e utilizadas e avaliava a viabilidade de aplicação em seu caso. Chegava a sentir uma pontinha de alegria em ter algo para tramar. A morte era o seu combustível. Era curioso, mas, sem pensar nela, o que mais aquele homem faria?

    Dava-se conta de que morrer era o sonho de todo velho que vivera muito. Há sempre o momento em que qualquer um percebe que chegou a hora. De quê? Não se sabe, mas sente-se que é tempo de mudança, de trocar de história. Por mais apego que se tenha à vida, o cansaço reivindica uma realidade diferente. A trajetória é longa, mas não parece quando vista da extremidade da velhice. A sensação que se tem é de que toda a vida foi compactada, e agora está exposta à apreciação. Ele não podia ter certeza quanto aos outros, mas em seu caso, ao olhar as próprias entranhas, o que sentia era náusea. Uma náusea profunda e doída que não parecia vir do estômago e, sim, da alma. Não imaginava que a alma pudesse sentir algo físico, mas era essa a ideia. Quando muito velhos, deslocamos os sentidos e a consciência do corpo desgastado para a alma, sempre renovada. A única coisa que podemos preservar de certa maneira intacta é a nossa alma. Ele, entretanto, não se utilizava disso como consolo, queria morrer e ponto final. Entendia que fazendo isso liberaria a alma jovial para a vida plena. Em outras palavras, a morte significava para ele a libertação. O esquecimento de todas as dores que sentia, incluindo as da alma.

O velho nem mesmo tinha certeza de que as coisas se passariam desse jeito, mas a situação a que chegara não lhe deixava alternativa. Caso estivesse equivocado, teria a eternidade para pensar em uma saída. Aqueles dias eram intoleráveis e qualquer pessoa de bom senso, mesmo religiosa, pediria a Deus para morrer. Estava cansado de pedir a Deus. Ele mesmo teria que providenciar isso. Mas como? Impossível com toda aquela plateia. Havia velhos, enfermeiras e funcionários demais, sempre vigilantes. Os idosos certamente não o impediriam, estavam apagados há tempos, mas e os outros? Precisava deixar aquele lugar.

Aquele asilo era uma amostra perfeita da fauna humana. Havia de tudo, todas as patologias. Conheceu uma mulher muito idosa mas que só saía do quarto toda maquiada. A vaidade acompanhara-a ao longo da vida e só a deixaria, como um cão de estimação, quando seu corpo baixasse ao túmulo.

Um outro sujeito era completamente mudo. Não se sabia se por deficiência orgânica ou por teimosia. Passava o tempo inteiro na varanda, olhando o jardim. Não tinha amigos e não respondia a ninguém. Seu prato sempre voltava intacto e Adalberto contabilizou que não lhe faltavam muitos dias. Um cara de sorte! Chamava-se Rodolfo. Era também, ao seu modo, um desertor. A vida não fazia mais qualquer sentido para ele, isso podia ser visto claramente. Poucos dias passaram-se, viu descerem o corpo esquálido do homem dentro de um caixão com detalhes dourados. Menos um a penar no asilo. Sentiu inveja daquela saída triunfal.

Outro sujeito, de nome Abel, vivia dando risadas. Não falava com ninguém que estivesse do lado de fora dele mesmo, e, em compensação, seus fantasmas não o deixavam dormir de tantas piadas que lhe contavam. O homem ria e gargalhava quase todo o tempo, em diálogos imaginários com suas próprias personagens. Viram-no morrer em pleno salão de TV, sufocado em risos. Mais um que teve sorte, pensou.

Havia também o Martins, um velhinho boa-praça que se ressentia por ter sido abandonado pelos filhos naquele lugar horrível. Aquele senhor chegou a conquistar a afeição de Adalberto, se é que se pode falar assim. Tinham a mesma idade e costumavam compartilhar as lembranças de sua geração. Discutiam assuntos de interesse comum, e ele, como não fazia havia muitos anos, chegou a confiar-lhe alguns segredos. O velho não esperava encontrar um amigo àquela altura da vida, e Martins passou a ser seu companheiro dos últimos dias. Conversavam longamente, sentados na varanda, ou passeavam com a cadeira de rodas pelas aleias do jardim. Falavam da vida que levaram e da morte que os esperava pacientemente. Trocavam ideias a respeito de umas tantas coisas, e esses assuntos embalavam os dois no sono da morte próxima.

Com o passar das semanas, o velho ranzinza não mais dispensava a visita ao quarto do amigo, ou a meia hora de prosa no jardim. O outro, como ele, também tinha enfisema, e as crises de tosse e de falta de ar eram cada vez mais frequentes e duradouras. Algumas vezes preocupou-se ao ver o médico entrar apressado no quarto do companheiro. Respirava aliviado quando o doutor saía com o semblante tranquilo, o que significava que Martins estava bem.

Aquele senhor careca de impertinentes olhos azuis, combalido pelo tempo, tornou-se um verdadeiro parceiro. Jogavam cartas e dominó. Eram colegas de exílio. Compartilhavam dores semelhantes, trajetórias quase idênticas. Como em um espelho, Adalberto via-se no amigo. Olhando-o cuidadosamente, estudando suas reações e ouvindo suas histórias, entendia a si próprio. Martins amenizara o sofrimento de viver em um lugar como aquele e, de certa forma, quebrara a aridez de seu espírito. Tomavam café juntos todas as tardes, assistiam TV, e comentavam sobre os outros internos.

Alguns dias depois foi a vez da mulher vaidosa. As enfermeiras preocuparam-se em deixá-la toda arrumada e maquiada. Realizavam assim seu último desejo. A velha chegaria ao céu — ou ao inferno — muito elegante. Foi a única vez, e talvez a última, que ele e Martins riram da morte de algum colega. Pareceu-lhes engraçado ver a velha de batom vermelho dentro do caixão.

Os dois amigos falavam sobre suas expectativas àquela altura da vida e, curiosamente, nem sempre apenas se queixavam. Assistir aos outros partirem não era assim tão divertido.

Alguns meses passaram-se e o homem diminuiu seu ímpeto de contrariar. Os funcionários notaram que a amizade de Martins fazia muito bem a ele. O velho andava mais calmo, reclamava muito menos, estava menos amargo. Os dois eram sempre vistos juntos, como dois sobreviventes que se identificavam nas vicissitudes da vida ordinária. Dois combatentes que se reencontram para comemorar quando a guerra termina. A vida dos dois homens terminara, e ambos sabiam disso. Estavam nos arremates de fim de festa. Aquele momento nostálgico que antecede o apagar das luzes. Sabiam que não durariam para sempre, sequer durariam muito. Era interessante, portanto, principalmente para Adalberto, aproveitar bem a trégua que a amargura lhe dera. Uma verdadeira amizade era uma bênção que recebia no final da existência.

Falavam de aventuras, falavam dos amores. Lembravam as pescarias, os mergulhos, as cervejas que tomaram, e lamentavam não serem amigos havia mais tempo, quando a vida ainda contava. Pareciam ter vivido tudo juntos, e riam como dois meninos a brincar sem compromisso. As histórias, mesmo as recontadas, eram ouvidas com atenção e seguidas de exclamações exaltadas. Perdiam-se no anonimato singelo dos risos.

O velho esqueceu-se de quem era por um tempo. Quase sumiram de sua cabeça os pensamentos autodestrutivos. A companhia de Martins devolvera-lhe um pouco da extinta vontade de continuar. Já não pensava tanto em morrer. Fizera um aliado e, ao lado dele, estava mais confortável passar aquela temporada no asilo. Até mesmo a vontade de voltar para o antigo apartamento arrefecera. Por fim, encontrava alguma graça naquele albergue de senis. Naquela estação de espera para o último voo.

Tudo mudou com o último suspiro do companheiro. Uma crise de falta de ar interrompeu a amizade dos dois e chamou Adalberto de volta à realidade. Quando o doutor chegou, o amigo estava completamente roxo. Passara, afinal, para o outro lado, deixando um consternado espectador. Adalberto viu tudo, presenciou sua derradeira agonia. Desejou ir com ele, no lugar dele. Só não queria ficar mais uma vez sozinho. Ele sofria com a morte. Vira partir seu filho, sua esposa, todos os antigos amigos, colegas e contemporâneos. Agora era a vez de Martins, o colega de velhice e de asilo. O último aliado. Decididamente estava só. Não havia mais ninguém. Claro que não podia confiar nas duas mulheres, aquelas tagarelas.

    O antigo comportamento arredio voltou reforçado. Irritava-se com os funcionários e evitava conversa. Queria infernizar a vida de todos, queria sair daquele lugar, queria morrer, zerar tudo. Apagar todos os registros, todas as memórias, todas as emoções, não aguentava mais o fardo da vida, o pesado fardo da vida. Por Deus, que lhe dessem um tempo!

    Os olhos estavam secos quando o caixão com o corpo inerte de Martins cruzou o corredor, atravessou o salão de entrada e desceu a pequena escadaria que dava acesso ao jardim. Ele avistou de longe o carro funerário. Viu quando o acomodaram na parte de trás e bateram a porta. O automóvel que carregava defuntos levou-o em seu bojo. O que fariam com ele? Podia imaginar. Olhou para a própria perna inexistente e adivinhou que enterrariam Martins todo de uma só vez. Felizmente não seria como ele, enterrado aos pedaços.

    Os dias passaram-se rapidamente e a amargura voltou a tomar conta de sua vida. A vida dele e a de quem mais se aproximasse transformaram-se em um inferno. O homem recusava-se a levantar, a tomar banho, a comer. Forçavam-no a engolir as medicações, e ele, provocativamente, as cuspia. Fazia questão de desenhar nas paredes usando fezes como tinta, urinava em qualquer lugar, e expunha os órgãos sexuais a qualquer um. Mais cuidavam dele, mais se revoltava. Os funcionários procuravam evitá-lo, batiam par ou ímpar para decidir o infeliz que ficaria responsável por ele no plantão. Muitos eram recebidos com chineladas ao entrar no quarto, ou ele lhes atirava café quente ou o que tivesse à mão.

Tanto aprontou, o velho incorrigível, que a diretoria do asilo o dispensou. As duas filhas, exaustas, carregaram-no de volta ao apartamento. Estampou um sorriso cínico quando as meninas foram buscá-lo. Acenou displicentemente para os outros velhinhos que ficaram, talvez com inveja, por vê-lo partir em companhia das filhas. Eles não sabem de nada, pensou. Essas duas loucas não são minhas filhas, apenas as estou usando para fugir daqui. Sorria enquanto o empurravam pelo jardim em direção ao portão.

O SOL CAÍA NO HORIZONTE e o homem, mais uma vez, tinha o olhar perdido no mar. O mar que, com suas ondas e ruído, revolvia-lhe a mente com tantas lembranças. O mar que seria o guardião de suas cinzas. As cinzas que o velho esperava logo poderem ser espalhadas sobre ele. Estava embriagado de mar. Trazia na alma conturbada uma nostalgia sem fim, como as próprias águas. Uma saudade infinita não sabia exatamente do quê. Uma vontade incontrolável de algo irreconhecível.

Ele ouvia o canto das sereias, sabia que era um chamado fatal, mas mesmo assim queria atendê-lo. Queria mergulhar para sempre no mar e não tinha intenção de voltar. Não tinha razões para voltar. Seu destino era mesmo o fundo do mar. Queria, sim, seguir o destino do filho. Pensamentos loucos e desanimadores inundaram-lhe o espírito. Não havia mais o que pudesse tentar para morrer. Faltavam-lhe forças. Agora, só se recorresse aos velhos métodos que não funcionaram. Só se tomasse os mesmos caminhos já percorridos, que não o levaram a lugar algum. A morte vencia-o pelo cansaço, e o velho guerreiro entregava os pontos.

Perdera uma perna, a vergonha, a dignidade. Fizera tudo isso com a intenção de morrer, contando que a morte apagaria tudo. Submetera-se a vexames com a intenção de fugir do mundo e de um destino sem sentido. Acreditara na possibilidade de o ser humano ter controle sobre sua própria existência. Estava errado. Ninguém tinha controle sobre nada, muito menos sobre a própria vida. Os outros pareciam ter mais controle sobre a sua do que ele mesmo. Isso é incrível, mas é verdade, pelo menos em se tratando de um velho.

O tempo de ter controle havia passado, assim como o tempo para qualquer outra coisa. Não havia mais o que pudesse fazer, essa era uma verdade inquestionável. Aos oitenta e oito anos já não se controla sequer a bexiga. Já não se seguram as rédeas do próprio destino. O barco segue conforme a correnteza, resta esperar que não se espatife contra um arrecife ou encalhe em um banco de areia. Ele estava encalhado em um banco de areia. Sua vida não ia para a frente nem para trás. Estava preso em uma bolha de tempo onde nada, exatamente nada, acontecia. O passado, irrecuperável, só o torturava. O futuro, a morte, não lhe sorriam nem davam o ar da graça. A existência inteira estancara.

Nada de emocionante se passava. Nada de nada se passava. Entrara em um beco sem saída e não tinha como voltar. A perna já não existia, metade do pé também não. Não tinha força na metade inferior do corpo, e mal sustentava alguma nos braços. Pouco a pouco perdia a memória. As carnes, cada vez mais flácidas, davam a impressão de derreter-se sob o calor dos trópicos. A cabeça pesada pendia para a frente e a saliva não se continha na boca. A imaginação, assim como o ânimo, claudicavam. O corpo esfarelava-se ao longo dos dias, dos minutos. Pulverizava-se, ansioso por retornar ao seio da terra. O ímpeto de vida já era bem menor que a força de gravidade, e o planeta reclamava a matéria-prima de que ele era feito. Adalberto sabia que teria que deixar aqui o que usara aqui. Diante das leis da vida, tornamo-nos diminutos, pensou. Não há como burlar o esquema. Antes de partir temos que nos purgar de toda a hipocrisia que alimentamos e que, decididamente, não faz parte da sistemática da existência. Lamentavelmente, só muito tarde nos damos conta de tal jogo, observou o velho solitário sentado na varanda. O olhar perdido no mar, o pensamento a tentar invadir uma compreensão mais avançada, era acossado por ideias desconhecidas e surpreendentes. Coisas que jamais havia imaginado. Deve ser um raro atributo da velhice, pensou. O corpo evanescente não mais segura os pensamentos, que voam em liberdade. Ideias abstratas que devem pertencer ao território da alma. O momento da partida não devia estar muito longe.

    O homem estava apático. Toda bravura e rebeldia desapareceram. Ele próprio não se reconhecia. Imaginou que eram as transformações do espírito que se volatilizava e que em breve deixaria o corpo. Imaginou muitas outras coisas inconfessáveis. Imaginou a merda de sujeito que havia sido, e deprimiu-se de vez. Lembrou-se de Iracema e Renato, as únicas pessoas que realmente lhe foram caras. As únicas que deixaram rastro em sua vida — uma pelo remorso, a outra pela saudade. Lembranças preciosas que se apagavam lentamente de sua memória fragilizada.

Ele não tinha medo da morte, mas temia a perda de identidade. E se as memórias desaparecessem de seu juízo antes de descer à sepultura? Que tipo de homem seria, a vagar sem lembranças? Ora, Adalberto! A morte calma já estaria de bom tamanho. Memórias que o atordoam, para que servem? Qual a utilidade de lembrar-se das tolices que fez ou deixou de fazer? Torturar-se? Já não é suficiente a morte vivida em vida? Sim, é. Bem sabe o quanto já expiou, só não sabe o quanto ainda expiará até que a cena final encerre todo o doloroso drama. Até que ponto pode ir a fibra de um homem? Ainda estava por descobrir.

A verdade é que o homem não tinha reação. As meninas enfiavam-lhe goela abaixo comprimidos antidepressivos prescritos pelos médicos, e que não tinham qualquer efeito. Emagrecia cada vez mais, se é que isso era possível. Estava pele e osso, com uma enorme cabeça coroada de escassos pelos brancos, difícil de sustentar. Um guerreiro alquebrado. O que tinha sido feito do homem altivo e independente? Aquele resto, o que significava?

A vida fizera-o provar dos dois cálices. O da alegria e o da dor. O da glória e o do fracasso. Pena que morreria com o sabor do último. Seria este o gosto a carregar para o além. A morte tinha que ser mesmo o ponto final de qualquer elucubração, ou a tortura não teria fim. Precisava soterrar de vez as mesquinhas especulações que tecemos em vida. Não poderia assemelhar-se a qualquer outra coisa vivida, ou a loucura completa representaria o inferno. Um ponto final, puro e simples, isso tinha que ser. A morte não podia cogitar ser mais nada, tinha que ser o próprio nada. As filhas chamaram o médico. A visita foi breve e o doutor disse que não tardaria muito. Como estava não resistiria muito tempo. Pensou em levá-lo ao hospital, hidratá-lo, mas as meninas preferiram dissuadi-lo. Sabiam que o pai sofreria ainda mais. Um momento de lucidez!, pensou o velho em seu mutismo final. Agora que não falo mais nada, elas começam a entender.

As mulheres realmente deram-se conta de que nenhum esforço nesse sentido adiantaria. O pai chegara ao final do seu jeito, e essa peculiaridade precisava ser respeitada. A morte aproxima-se de suas vítimas de maneiras diferentes, assim como a vida atropela cada um a seu modo. Era tempo de deixar as coisas acontecerem, concluíram elas. O velho preferia assim, assim seria.

As filhas iam diariamente ao apartamento ou enviavam alguém de confiança que ele sequer tinha interesse em identificar. Para ele eram sempre pessoas sem rosto. Jamais as olhava de frente. Aceitava calado o que faziam ou diziam até que iam embora e deixavam-no em paz. Apenas pedia que o empurrassem até a varanda, nada mais. As meninas relaxaram quanto às tentativas de suicídio, entendiam que o pai estava tão fraco que não teria forças para mais nenhuma aventura. E tinham razão.

Adalberto estava miseravelmente entregue. Dava pena ver a sua disposição de espírito. A última gota de arrogância fora-se com a morte de Martins. Já nada mais lhe restava. Sequer conseguia mirar o oceano muito tempo, os olhos marejavam. Uma dor infinita e disforme dominava-lhe o peito, um misto de decepção e saudade. Uma montanha-russa de sentimentos conduzia-o, rir e chorar ao mesmo tempo era fácil.

O velho foi definhando, a ponto de não mais conseguir sentar-se. Pedia às pessoas sem rosto que o visitavam que o acomodassem com cama e tudo próximo à varanda, de maneira que pudesse ver o mar. Com o passar dos dias já nem conseguia falar, elas respondiam à súplica no olhar. A cama foi definitivamente instalada na sala.

À medida que o tempo passava, aumentava o assédio das pessoas sem rosto. Já não se irritava, considerava uma invasão necessária e inevitável. Namorava a ideia de que isso queria dizer que o fim não estava longe, e, naturalmente, os cuidados intensificavam-se. Certamente aquelas duas bobocas não queriam que ele morresse esquecido em um canto, ou o mau cheiro tomaria conta de todo o prédio. Do jeito em que se encontrava, apodreceria muito rápido. Para falar a verdade, em muitos momentos, sentia o odor da velhice, e esboçava um sorriso. O tonto do médico dissera-lhe que perdera o olfato. Talvez o cheiro do mar, das flores, do vento, dos perfumes, não conseguisse sentir, mas o odor da velhice, esse estava em toda parte. Concluíra que estava nele mesmo. Era ele que emanava aquele cheiro nauseabundo e impregnava todo o ambiente. Por um momento sentiu piedade das pessoas sem rosto.

Agora passava todo o tempo que lhe restava a mirar o horizonte. Não perdia uma cena dos momentos dourados da manhã e da tarde. À noite contava as estrelas ou procurava identificar ruídos distantes. Imaginava o que estariam fazendo os seus velhos conhecidos da rua: a moça da floricultura, a baiana do acarajé, os rapazes do surfe, as prostitutas, os moleques, a moça do segundo andar e o namorado infiel. A vida transcorria à revelia. Os olhos enchiam-se de lágrimas. Partiria, e nada ali mudaria. Os dias e as noites continuariam como sempre. Ninguém se daria conta. Um velho a menos, quem iria notar? Após a partida, o momento mágico continuaria a enfeitiçar alguém? Afinal, haveria algo de exclusivo em tudo aquilo? Uma familiar sensação de vazio acompanhou a constatação de que ele não faria a menor diferença, não provocaria qualquer alteração na rotina do mundo. Surpreendia-se com sua absoluta insignificância. Com ele ou sem ele, o planeta continuaria a girar para sempre.

A consciência andarilha não parava de trafegar entre uma tosca realidade qualquer e a mais explícita fantasia. Entre a dureza concreta do mundo e o sonho impossível. Tudo se mesclava loucamente, lembranças traumáticas associavam-se a puro delírio. Não parava de ver e imaginar coisas. Mortos, vivos, todos habitavam o mesmo planeta, compartilhavam a mesma realidade, a mesma dor. Se tudo era tão igual, que sentido fazia a dolorosa cortina da morte? Por que vivos e mortos não se encontravam na mesma fração de tempo?

Perguntas, perguntas, perguntas. Tantas perguntas sem resposta. Viver era um sucedâneo de incógnitas monstruosas. Será que no exato momento da morte, em meio ao delírio, acaba-se encontrando alguma resposta? Ficaria atento, precisava descobrir.

Dias e noites alternavam-se sem parar. Pessoas sem rosto continuavam a aparecer, faziam algum barulho e iam embora. O Sol surgia no horizonte periodicamente, subia pouco a pouco, e desaparecia no nada. As ondas ora estavam verdes, ora azuis; às vezes, ainda, tinham uma cor indefinida. O horizonte, quase sempre bem delineado, costumava desaparecer nos dias de chuva. As nuvens desenhavam figuras incompreensíveis que só as crianças e os moribundos entendiam.

Aos poucos suas forças desapareciam, isso o animava. O martírio terminaria em breve, tinha esperanças. Nada podia durar para sempre, nem mesmo aquela agonia.

Gostava quando os tímidos raios de Sol da manhã penetravam na sala e acariciavam seu rosto, ou quando a brisa fresca trazia o cheiro do mar. Vinham com ela muitas lembranças, as que ainda resistiam em sua cabeça. O mar, sempre o mar. Totalidade de sua vida, em breve leito de morte. As moças respeitariam seu último desejo? Começava a achar que sim, elas andavam mudadas. Tomaram juízo, pensou, enquanto o seu diminuía. A vida tem esse balanço, é um resultado chinfrim entre perdas e ganhos. Não se deve alimentar a ilusão de que sempre se sai ganhando, mesmo porque isso é relativo.

Tudo é sempre relativo, pensou. A tormenta logo se transformaria em bênção, e ele estaria em paz, fazendo companhia a Deus. Não opunha resistência, estava calmo, submisso, passivo. Que tipo de resistência podemos oferecer à vida? Ainda menos à morte. Não pedia mais para morrer, sabia que a morte estava a caminho, o processo estava em andamento. A morte guardava seus segredos, cada caso era diferente. Cada ser que morria tinha suas próprias dúvidas.

UM NOVO DIA COMEÇOU radiante. O Sol entrou e aqueceu o corpo frio do velho. A noite e o vento fizeram-no tremer. Adalberto não reclamou, não tivera coragem de apagar o encanto das estrelas. Esperou até que o encontrassem totalmente rígido pela manhã. Os raios de Sol, como de hábito, douravam a superfície do mar. O momento mágico estava de volta, na hora marcada, e ele sentia uma profunda e libertadora paz. A angústia, velha companheira, partira sem deixar vestígio.

Após o nascer do Sol, nada mais importaria. Ele tinha a nítida sensação de que o Sol não se poria mais. De sua varanda divisava o porvir, contemplava o futuro. Tudo não passara de um terrível engano, uma dolorosa ilusão de quase oitenta e nove anos. Mas, que significavam agora todos aqueles anos? Estava diante do impossível, do imponderável tempo, o que tudo aquilo queria dizer?

MARÍLIA SOLTOU UM GRITO ao ver o pai imóvel sobre a cama. Não respirava. As mãos estavam geladas. O rosto tinha um aspecto azulado, o nariz parecia mais afilado. A mulher custou a aceitar o que havia acontecido. A morte levou-o, afinal. Era tudo o que ele queria, não era? Estava feito.

ADALBERTO ESTAVA LIVRE. FLUTUAVA na inconsciência como um balão ao sabor do vento. Como a brisa do mar que não tem destino. Agora era um peixe dos oceanos, nadaria em águas profundas como um extinto Celacanto. Um peixe que aprenderia a não se deixar pescar. A vida agora era problema dos outros.

A lancha balançava com as ondas enquanto as filhas, uns poucos amigos e os netos mais velhos tentavam equilibrar-se. O marinheiro escolheu um ponto distante da praia, quase uma linha reta, tomando como referência o edifício onde o velho morara. O dia estava límpido, e, de onde estavam, avistavam a varanda do terceiro andar.

Constataram que nela não havia ninguém. Ninguém a esperar a morte, a contar os dias, a observar atento todos os momentos mágicos. Não havia mais ninguém a se arrastar com as horas.

Os amigos surfistas observavam de longe, sobre as pranchas. Prestavam ao velho aventureiro uma última homenagem. Ainda que não o tivessem conhecido em profundidade, o seu amor pelo mar inspirava respeito.

O porteiro atravessou a rua e acompanhava do calçadão o movimento da embarcação. Outros parentes esperavam em terra. Um dos netos usava o binóculo do velho para ver o que se passava. O padre, presente na lancha, pronunciou algumas palavras. Em seguida, as filhas abriram a caixa e um pó denso foi derramado sobre as ondas. O Sol subia devagar, e, da areia, todos viam o reflexo dourado. As cinzas foram pouco a pouco espalhando-se, enquanto a lancha navegava em círculos, lentamente.

Acabou, pensaram as filhas. A agonia do pai chegara ao fim. Agora estava livre para sonhar. Sonhar o sonho multicor que sempre quisera ter. Um sonho distante, na perspectiva delas, mas um sonho. Aquele que o entretinha e que cabia ser respeitado. Afinal, os sonhos não devem apenas ser entendidos, devem ser aceitos; por mais loucos que sejam, devem ser aceitos.

Quando a caixa se esvaziou, as pessoas estavam em pé, postadas respeitosamente. O condutor da lancha desligou o motor e todos mergulharam em profundo silêncio. As últimas partículas cintilavam. Adalberto, como sempre havia sido seu desejo, estava reunido ao mar.

Este livro foi composto na tipologia Classical Garamond BT,
em corpo 11/15, impresso em papel off-white 90g/m²,
no Sistema Cameron da Divisão Gráfica
da Distribuidora Record.